편지꽃나비

제1집

편지꽃나비 제1집

발행인　　권미령
편집인　　노기화
발행처　　(사)한국편지가족
발행일　　2016년 10월 10일
주　소　　05050 서울시 광진구 자양로 76 동서울우편집중국 3층
전　화　　02-3436-7525
홈페이지　www.letterfamily.or.kr

펴낸데　　이지출판
펴낸이　　서용순
출판등록　1997년 9월 10일 제300-2005-156호
주　소　　03131 서울시 종로구 율곡로6길 36 월드오피스텔 903호
대표전화　02-743-7661　팩스　02-743-7621
이메일　　easy7661@naver.com

ISBN 979-11-5555-054-0　03810

값 15,000원

※이 도서의 국립중앙도서관 출판예정도서목록(CIP)은 서지정보유통지원시스템 홈페이지
　(http://seoji.nl.go.kr)와 국가자료공동목록시스템(http://www.nl.go.kr/kolisnet)에서
　이용하실 수 있습니다.(CIP제어번호: CIP2016021289)

2016 대한민국 편지쓰기 공모대전 수상작 및 우수작 모음집

편지길 나비

제1집

(사)한국편지가족

사랑으로 피어나는 편지꽃

'손편지는 가장 사적이고 가장 친밀하고 가장 진실한 손의 흔적'이라고 합니다. 편지를 쓰는 순간, 상대를 생각하며 담아 둔 마음들이 하나둘 손끝에서 피어나 쓰는 사람, 받는 사람 모두에게 기쁨이 되고 감동으로 이어집니다. 그것이 편지의 힘입니다.

가정의달 5월을 맞아 '2016 대한민국편지쓰기 공모대전'은 세상에서 가장 따뜻한 마음이 담긴 10,639통의 편지가 우표를 달고 나비처럼 날아와 사랑의 편지꽃을 활짝 피웠습니다.

이번 공모대전에 응모해 주신 많은 분들의 사연을 읽으며 디지털 시대에도 편지가 살아 숨 쉬는 이유를 다시 한 번 느꼈습니다. 빠른 것에 익숙하지만 사람들의 마음은 평화로운 여유를 바라고, 각박한 경쟁사회에서 따뜻한 온기를 그리워한다는 것을 보았습니다.

그래서 편지쓰기 공모대전은 세상을 향해 사람의 가치를 발견하게 하는 의미 있는 행사라고 생각합니다. 앞으로도 편지쓰기대회가 점점 확대되어 따뜻한 사회를 만들어가는 공익사업으로 자리 잡을 수 있기를 소망합니다.

권 미 령 (사)한국편지가족 회장

　무엇보다 『편지꽃나비』가 출간될 수 있도록 남다른 관심을 가지고 적극 후원해 주신 우정사업본부 김기덕 본부장님, 한국우편사업진흥원 이춘호 원장님께 진심으로 감사 인사를 올립니다. 멀리, 넓게 내다보는 세상을 향한 시선에 저희 한국편지가족은 다시 한 번 감사와 존경을 표합니다.

　응모해 주신 모든 분들과 수상하신 여러분께 감사와 축하 인사를 드립니다. 아쉽게도 입상하지는 못했지만 감동적인 작품 일부를 수상작과 함께 실었습니다.

　『편지꽃나비』 속에 살아 숨 쉬는 사람들의 마음이 세상에 좋은 나비효과로 이어져 서로에게 사랑의 꽃을 피우고 오래가는 향기로 남을 수 있기를 바랍니다.

　앞으로도 (사)한국편지가족은 편지의 순기능을 널리 알리는 편지쓰기강좌로 이어갈 것입니다. 인성교육이 절실한 이 시대에 고운 정서로 마음을 이어주는 운동을 펼쳐 보이겠습니다.

　고맙습니다.

가족 사랑을 이어주는 편지의 힘

유독 무더웠던 여름이 지나고 어느덧 계절은 단아한 가을의 옷을 입었습니다. 가을이 오면 사랑하는 연인, 부모님, 선생님께 미처 말로 표현하지 못하는 마음을 전하고자 밤늦도록 손편지를 썼던 시절이 있었습니다. 이제는 통신발달의 편리성에 익숙해져, 마음을 전하는 수단으로 손편지가 널리 쓰이지 못하게 된 것이 현실입니다.

그러한 면에서 초 · 중 · 고교생 및 대학생 · 일반인을 대상으로 개최한 '2016 대한민국 편지쓰기 공모대전'은 잊고 있던 손편지 쓰기를 다시금 시작할 수 있게 하는 좋은 계기가 되었고, 그 수상작과 출품작을 모아 발간한 『편지꽃나비』는 '손편지에 담아낸 가족사랑의 의미'를 더욱 값지게 보여주고 있습니다.

'가족'이라는 묘목이 뿌리 내리고 가지를 뻗고 열매를 맺기 위해서는 '사랑'이라는 거름이 필요합니다. 비록 문자메시지나 SNS보다 느리고 많은 정성이 필요하지만, '손편지'는 그 어떤 방법보다 가족이라는 나무를 키우기에 더없이 훌륭한 거름이라고 생각합니다.

6

김 기 덕 우정사업본부장

　잘 자란 나무들로 이루어진 숲은 좋은 공기를 뿜어내고 사랑으로 하나된 가족으로 이루어진 사회는 건강한 발전을 이뤄냅니다. 우정사업본부는 사회 각 분야의 갈등해소와 국민정서 함양을 위해 편지쓰기 문화 확산에 노력하고 있습니다.

　앞으로도 손편지를 통해 가족, 동료, 급우간에 마음을 이어주는 따뜻한 소통문화를 조성함으로써 사회적 통합에 기여하는 정부기업으로 자리매김해 나갈 것을 약속드립니다.

　끝으로 한국편지가족의 『편지꽃나비』 제1집이 나오기까지 많은 노력을 기울여 주신 (사)한국편지가족 권미령 회장님을 비롯한 전국 500여 명의 회원 여러분께 감사드립니다.
　이 책을 읽으시는 모든 분의 건강과 가정에 행복이 가득하시길 기원합니다. 감사합니다.

아름다운 세상을 위한 우정문화

편지를 사랑하는 여러분, 안녕하십니까?
한국우편사업진흥원장 이춘호입니다.

'2016 대한민국 편지쓰기 공모대전'에 많은 관심을 가지고 좋은 작품을 출품해 주신 모든 분들께 진심으로 감사드립니다. 그리고 우수한 작품으로 선정되어 수상하신 분과 가족들께도 축하 말씀을 드립니다.

이번 공모대전은 초·중·고등학생을 비롯한 대학생·일반인들에게 점차 사라져 가는 편지쓰기문화에 대해 직접 체험할 수 있는 기회를 제공하고자 마련하였습니다. 그 결과, 1만 통 이상의 편지가 접수되었고, 사람들은 따뜻한 정서를 간절히 그리워한다는 것을 다시 한 번 확인하였습니다.

또한 우수작품으로 선정된 편지글은 '2016 대한민국 우표전시회'와 '우표박물관'에도 전시되어 많은 관람객들에게 훈훈한 감동을 주었습니다.

이 춘 호 한국우편사업진흥원장

    과거 우리 생활의 일부였던 편지는 통신수단의 발달로 일상 속에서 점차 사라져 가고 있습니다. 그러나 하얀 종이에 정성껏 마음을 담아 빼곡히 써 내려가는 한 통의 편지를 통하여 못다 한 사연을 전하고, 서로 알지 못했던 생각과 감성, 사랑이 전달될 때 편지야말로 그 무엇과도 비교할 수 없는 소중한 가치를 지녔다고 생각합니다.

    특히 자라나는 아이들에게 그런 편지의 소중한 가치를 일깨워 주고 꿈을 심어주며 행복 가득한 세상으로 만들어 주는 것이 한국우편사업진흥원의 역할이라고 생각합니다.

    앞으로도 한국우편사업진흥원은 '우정문화의 확산' 이라는 목적사업을 수행하면서 우표와 편지의 가치를 소중히 지키고 따뜻한 세상, 아름다운 사회를 만들어 가도록 최선을 다하겠습니다.

    다시 한 번 편지를 사랑하는 모든 응모자분께 감사 말씀을 드리며 언제나 가정에 행운이 가득하시길 기원합니다.

    감사합니다.

편지쓰기 2

이 해 인

네가 누구인가 내가 누구인가
발견하고 사랑하며 편지를 쓰는 일은
목숨의 한 조각을 떼어 주는 행위

글씨마다 혼을 담아 멀리 띄워 보내면
받는 이의 웃음소리 가까이 들려오네

바쁜 세상에 숨차게 쫓겨 살며
무관심의 벽으로 얼굴을 가리지 말고

때로는 조용히 편지를 써야 하리

미루고 미루다 나도 어느 날은 모르고
죽은 이에게 편지를 썼네

성베네딕도수녀원 수녀, 시인

끝내 오지 않을 그의 답을 꿈에서도 받고 싶었지만
내 편지 기다리던 그는 이 세상에 없어
커다란 뉘우침의 흰 꽃만 그의 영전에 바쳤네

편지를 쓰는 일은
쪼개진 심장을 드러내 놓고
부르는 노래

우리가 아직 살아 있음을
혼자가 아님을 확인하기 위하여
때로는 편지를 써야 하리

사계四季의 바람과 햇빛을 가득히 담아
마음에 개켜 둔 이야기 꺼내
아주 짧게라도 편지를 써야 하리
살아 있는 동안은.

편지 꽃 나비 _ 차례

2016 대한민국 편지쓰기 공모대전 수상작

대학생 · 일반부

중 · 고등부

초등부

2016 대한민국 편지쓰기 공모대전 우수작

대학생 · 일반부

우정사업본부
KOREA POST

2016 대한민국 우표디자인 & 편지쓰기 공모대전

세상에서 가장 따뜻한 마음

여러분의 사랑과 행복을 우표와 편지에 담아주세요.
세상에서 가장 따뜻한 마음이 우표와 편지 속에서 피어납니다.

공모기간 2016. 4. 7. (목) ~ 5. 16. (월), 40일간　　　결과발표 2016. 6. 10. (금)

2016 대한민국 우표디자인 공모대전

공모주제 : 사랑, 행복
공모부문 : 청소년부문, 대학생·일반부문
응모방법 : 우편접수 또는 온라인 접수
시상내역 : 우수작품 : 20명(장관상 8명, 우정사업본부장상 12명)
　　　　　- 부문별·주제별 : 대상·금상·은상 각1명, 동상 각2명
　　　　　우수지도교사 : 2명(장관상 2명)
　　　　　※ 대상 및 금상 수상작 중 적합한 작품은 2017년도 기념우표로 발행
문　의　우표디자인 공모대전 접수처(02-2036-0824)

2016 대한민국 편지쓰기 공모대전

공모주제 : 가정의 달 5월을 맞아 가족 간의 사랑, 행복 등의
　　　　　따뜻한 마음을 담은 편지
공모부문 : 초등부문, 중·고등부문, 대학생·일반인부문
응모방법 : 우편접수 또는 온라인 접수
시상내역 : 우수작품 : 33작품(장관상 6명, 우정사업본부장상 12명,
　　　　　　　　　한국우편사업진흥원장상 15명)
　　　　　- 부문별 : 대상·금상 각1명, 은상·동상 각2명, 장려상 각5명
　　　　　우수기관·단체 : 2개(장관상 2개)
문　의　편지쓰기 공모대전 접수처(02-2036-0821)

※ 상세한 내용은 한국우표포털(http://www.kstamp.go.kr) 또는 접수사이트(http://www.stampdesign.kr)에서 확인하시기 바랍니다.

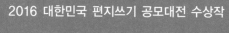

2016 대한민국 편지쓰기 공모대전 수상작

대학생·일반부

정낙민 ┃ 서덕주 ┃ 김준길 ┃ 박혜균

박영미 ┃ 이은정 ┃ 이경화 ┃ 박지영

정용진 ┃ 김소윤 ┃ 유영찬

아버지와 술 한 잔 하고 싶습니다

정 낙 민

경기도 안산시

아버지, 막내예요.

밖에는 비가 내리고 있네요. 일하다가 잠깐 짬을 내어 밖으로 나와 봅니다. 식당 옆쪽 작은 화단에 서 있는 나무들도 비에 젖어 몸을 부풀리고 있어요. 그 옆에 걸려 있는 간판에 제 시선이 머뭅니다.

'함흥식당' 멋이라고는 찾아볼 수 없는 밋밋한 간판이지만 저에게는 가장 소중하답니다. 아버지를 대신하고 있다는 생각에, 그래서 아침에 식당 문을 열 때도 밤에 문을 닫을 때도 한 번씩 간판을 올려다 보곤 합니다.

'오늘 하루 장사 잘 마쳤습니다.'

아버지께 인사를 드리는 것처럼 혼잣말을 하면서 말입니다.

아버지 곁에 가면 늘 비릿한 냄새가 났어요. 저는 그 냄새가 역겨워 곱창은 입에 대지도 않았고 아버지 가까이에 가지도 않았지요.

매일 새벽, 식당 한쪽 백열전구 밑에 쭈그리고 앉아 곱창을 손질하는 아버지의 뒷모습을 보면 마치 웅크린 짐승 같다는 생각을 하곤했어요. 고무장갑을 끼면 답답하다며 추운 겨울에도 맨손으로 곱창을 손질하시느라 아버지의 두 손은 빨갛게 불어 있었습니다.

그런 모습을 보면서도 마치 아버지가 저와는 상관없는 사람인 것처럼 무심하게 지냈어요. 대신 두 살 터울인 형이 제 몫을 대신했죠. 시간만 있으면 식당에 나와 잔심부름을 하고 이야기도 나누면서 도와 드렸지요.

무엇보다 형은 곱창을 잘 먹었지요. 아버지가 만든 곱창이 대한민국에서 최고라며 아버지를 늘 기쁘게 해 드리는 모습에 저는 부럽기도 했어요. 그리고 곱창을 좋아하는 형이 무조건 아버지의 식당을 물려받을 거라고 생각했습니다. 대신 저는 하루빨리 지긋지긋한 식당에서 벗어나, 아니 아버지로부터 벗어나 근사하게 살 거라는 치기어린 결심을 하곤 했습니다.

저는 아버지의 식당이 싫었습니다. 언제나 후줄근한 옷차림에 앞치마를 두르고 곱창을 주무르는 아버지의 모습, 그리고 손님들에게 늘 고개 숙이고 피곤해도 웃음을 보이는 아버지의 삶이 초라하게 느껴져 외면하고 싶었으니까요.

밤늦도록 백열전구 밑에 쭈그리고 앉아 곱창을 손질하는 아버지와는 다르게 저는 밝은 형광등 불빛 아래 책상에 앉아 컴퓨터와 펜으로 일을 하며 멋지고 당당하게 살아가고 싶었습니다.

하지만 세상은 저에게 그 삶을 허락하지 않았습니다. 곱창을 좋아하던 형은 식당과는 무관한 기술을 터득해 자신의 길을 가고 있는데 저는 전혀 그렇지 못했습니다.

결혼을 하고 가장이 되어 꾸려가는 생활도 쉽지 않았어요. 무엇보다 전문적인 배움이 없었던 터라 회사에 들어가서도 몇 년을 버티지 못했습니다. 어쩌다 버티고 있으면 회사가 부도를 맞거나 폐업을 하여 직장일이 순탄치 않았습니다. 여러 회사를 전전하며 점점 작아지는 제 모습을 느꼈고, 결국엔 직장인의 삶을 포기하고 준비도 없이 직접 회사를 차려 사장이라는 소리까지 듣게 되었지만 잠시뿐이었습니다.

힘들어 지쳐 갈 때쯤, 저는 아내와 아이들을 데리고 아버지를 찾았지요.

"살다 보면 내 마음대로 쉽게 되는 일은 없어. 어쩌겠냐. 자리 잡을 때까지 내 일 좀 도와주렴. 나도 이제는 일이 힘에 부쳐 힘들었는데 잘 되었구나. 내일부터 곱창 손질은 네가 하렴."

아버지, 그날 부끄러운 아들의 모습을 나무라지도 않고 편하게 다독여 주시던 모습이 지금도 생각납니다. 그날부터 저는 아버지 식당에서 그렇게도 싫어하던 곱창을 손질하고 억지로 먹어 보며 적응해 나갔습니다. 까다로운 손님들에게도 웃으며 응대하다 보니 단골도 늘고 점점 일이 즐거워지기 시작했어요. 제가 생각해도 참 이상한 일이었어요. 예전에 그토록 싫어하던 아버지의 일을 언젠가부터 자연스럽게 받아들이고 마치 오래전부터 이 일을 해 왔던 것처럼 익숙해졌습니다.

어느 날 가게를 찾은 동네 아저씨가 이런 말씀을 하셨습니다.

"그래, 민아, 잘했다. 네 아버지는 자식들한테는 식당일을 절대 시키지 않겠다고 말하곤 했어. 워낙 힘든 일이니까 말이야. 그래도 네 아버지는 힘든 식당일을 하면서도 조용히 좋은 일을 많이 하셨어. 윗동네 양로원에도 매달 지원해 주고, 남모르게 어려운 이웃도 많이 도와주고 있어. 식당을 하면서 생기는 이익을 가치 있게 쓰는 아버지이니 자랑스럽게 생각해라. 아버지 일을 이어받아 하는 것에 자부심을 가져도 된다."

아저씨 말씀을 들으며 저는 가슴이 먹먹해지는 것을 느꼈습니다. 지금까지 저희들에게 그런 이야기를 단 한 번도 하지 않으셨기 때문입니다. 배운 것도 가진 것도 없어서 식당을 시작했다던 아버지. 자식들에게는 식당일을 하지 않게 하려고 공부에 관한 한 무엇이든지 지원해 주셨지만, 정작 아버지는 흔한 단체여행 한 번 하지 못한 채 곱창을 손질하며 보내셨다는 생각에 마음이 아파왔습니다. 더구나 힘든 중에도 어려운 이웃들과 함께하는 삶을 사신 아버지가 존경스럽고 허상에 들떴던 제 모습이 교차되며 너무 부끄러웠습니다.

이제 아버지가 걸어오신 그 길을 제가 대신하고 있습니다. 비록 지금 아버지는 식당일을 못하시지만 아버지가 행복이라며 누렸던 소소한 즐거움을 찾아가고 있습니다. 또 아버지가 도와주시던 양로원이 이사를 가서 자주 들르지는 못해도 한 달에 한 번은 꼭 들러 아버지의 손길을 대신하고 있습니다.

그리고 깨닫게 됩니다. 제가 대신하는 게 아니라 아버지의 기쁨,

슬픔, 즐거움, 아니 고통까지도 누가 아닌 저의 몫이 되어 간다는 사실에 감사드립니다.

그래서 아버지의 삶이 제 생활로 이어지며 배워 가는 가운데 그동안 흘리셨던 땀 속에서 제 길을 찾아가게 만들어 주신 아버지의 사랑을 너무 늦게 깨달았다는 사실을 고백합니다.

아버지, 오늘 저녁에는 식당 문 일찍 닫고 아버지와 함께 오랜만에 술 한 잔 하고 싶습니다. 아버지 솜씨만큼은 아니지만 제가 만든 맛있는 곱창을 안주로 아버지께 한 잔 올리겠습니다.

고맙습니다, 아버지.

2016년 5월 15일
아들 올림

아버지께

아버지 막내에요.

봄비가 내리고 있어요. 소리없이 내리는 봄비에 갇힌 잠을 깨어 밖으로 나와봅니다.
식당 열쪽에 있는 작은 화단에 서 있는 나무들도 비에 젖어 꿈을 부풀리고 있어요. 그 옆으로
걸려 있는 간판으로 눈길을 줍니다.

'함흥식당' 이름부터 고리타분하고 멋이라고는 찾아볼 수 없는 밋밋한 간판이지만 저에게는
가장 소중합니다. 아버지를 대신하고 있다는 생각에. 그래서 아침에 식당문을 열 때도, 밤에
식당문을 닫을 때도 한 번씩 올려다보곤 한답니다. 아버지께 인사를 드리는 것처럼...

아버지, 아버지에게서는 늘 비릿한 냄새가 났어요. 저는 그 냄새가 역겨워 곰장어 입에
대지도 않았고, 아버지 곁에도 갈 가지 않았어요. 매일 새벽, 식당 한쪽에 백열전구 밑에서
쭈그리고 앉아 곰장을 손질하는 아버지의 뒷모습은 마치 웅크린 짐승같았어요. 그 역겨움을
까면 답답하다며 추운 겨울에도 맨손으로 곰장을 손질하느라 아버지의 두 손은 빨갛게
불어 있었어요.

그런 모습을 보면서도 저는 아버지가 마치 저와 상관없는 사람인 것처럼 무심하게
지냈어요. 대신 두살터울의 당남이가 제 몫을 대신했죠. 특하면 식당에 나와 잔심부름을
하고, 지쳐밀고구질 이야기를 나누고, 가끔씩 살살거려 용돈을 받으면 저에게 주기도 하고,
애써 다른 목석보다 곰장을 잘 먹었어요. 아버지가 만든 곰장이 제일이라며 너스레를 떠는
형을 보며 아버지는 만족한 웃음을 것고. 그런 모습을 보며 저는 틀림없이 형은 꿈으로 묻고
필요없이 아버지의 식당을 물려 받을 것이라는 생각을 했어요. 대신 저는 제 꿈을 이룩어
하루라도 빨리 이 지긋지긋한 식당에서 벗어나, 애써 아버지로부터 벗어나 근사하게 살거
이라는 거 이런 결심을 하곤 했었답니다.

언제나 후줄근한 옷차림에 앞치마를 두르고 곰장을 주목근는 손님들에게 비굴한
웃음을 보이는 아버지와 달리 저는 말끔한 양복에 넥타이를 매고 열정적으로 살거이라는.
백열전구 밑에서 쭈그리고 앉아 곰장을 손질하는 아버지와 달리 환한 형광등 불빛 아래
편으로 일을 하는. 하지만 세상은, 만만치 않은 세상은 저에게 그런 삶을 허락하기
않았어요. 오히려 형은 기술이 있어 식당되는 묵직한 생활로 자리잡고 살아가는데 저는
그렇지 못했어요.

결혼을 하고 가장이 되어 꾸려가는 생활도 쉽지않았어요. 다른 무엇보다 전문적인 싸움이
없었던 터라 회사에 들어가서도 빛변을 비치지 못했어요. 설사 케티면 회사가 부도를 맞고.
그렇게 여러회사를 전전하면서 저는 제 모습이 점점 작아가는 것을 느꼈고 숨이야 두 손을
죽게 되었어요. 결혼에는 걸걸 회사를 차려 사장이라는 소리를 들었지만 그것도 잠시뿐.
저는 애써와 아이들을 티끌고 아버지를 찾았죠.

내 안에 유유히 흐르시는 아버지

서 덕 주
서울특별시 양천구

서울에도 봄꽃이 피어 세상이 환하게 빛나고 있습니다. 아버지의 건강이 많이 회복되었다는 말씀을 어머니께 전해 들었습니다. 여전히 불면증에 시달리시는지 걱정입니다.

문득 지난달에 아버지를 뵈러 마산에 내려갔을 때가 떠오릅니다. 불과 몇 년 전만 해도 저희 가족을 위해 불편한 몸으로 역에 마중 나오셔서 환하게 맞아 주셨는데, 이제 그런 기쁨을 누리기는 어렵겠지요. 마산역 앞에는 벚꽃이 흐드러지게 피어 빛나고 있었지만 저는 왠지 모를 서글픔을 느꼈답니다. 종종걸음으로 집에 도착했을 때 아버지께서는 말없이 눈물을 지으셨지요. 저 역시 따뜻하게 손 한 번 잡아 드리지 못하고, 고맙다는 말도 전하지 못한 채 그저 눈물만 흘렸습니다.

지난겨울, 아버지께서 쓰러지셨다는 소식을 듣고 병원으로 갔을 때, 아버지께서는 흐려진 정신을 붙들고 아들을 기다리고 계셨지요. 저는 아무것도 모른 채 또 한 번의 뇌경색이 아버지를 힘들게 한다고 생각했습니다. 멀리 떨어져 산다는 이유로, 바쁘다는 핑계로 서울로 떠나온 이후 아버지와 단 둘이 시간을 가진 적이 없었습니다. 그래서 병실에 누워 계신 아버지와의 시간이 조금은 즐겁기도 했습니다. 초췌한 얼굴, 바짝 마른 왼쪽 다리를 살피면서 아버지의 평범한 삶이 지닌 고단함과 위대함을 동시에 발견할 수 있었습니다.

그리고 한 달 후, 아버지가 쓰러지신 이유를 알게 되었습니다. 바로 저 때문이었다는 것을 말입니다. 못난 아들이 직장에서 해직된 것을 아시고 그 충격으로 지병이 악화된 것을 알게 되었지요. 집사람도 모르는 사실을 말입니다. 아버지는 매일 아들과 손자 사는 모습이 궁금하고 걱정되어 인터넷을 살펴보다 어느 날 직장에서 아들의 이름이 사라진 것을 알고 낙담이 너무 크셨던 거지요.

사랑하는 아버지, 그 놀라움과 고통을 홀로 감당하다가 그리 되신 것을 생각하니 마음이 아팠습니다. 의식을 되찾고 제게 해 주셨던 말씀을 기억하고 있습니다.

"내는 인생에서 아들이란 존재가 이리 큰 줄 몰랐데이. 니가 그리 어이없이 되니 내사 마 허물어지더라. 내가 새끼 건사를 잘 못했데이. 애비도 직장 생활한다꼬 얼매나 속을 끓였겠나. 낸들 자존심이 얼매나 상하는 일이 많았겄냐. 하지만서도 이 애비는 윗사람한테 얼매나 잘 보일라꼬 애를 썼는지 모른데이. 그래서 삼십 년 세월을, 쓰지도 못하는 다리가꼬도 잘 버틴 거 아이가. 니는 자식이고 가장인데 우찌 그런 결정을 하면서 애비도 아내도 새끼도 생각하지 않는단 말이고. 하지만 이미 내디딘 발걸음아이가, 길이 보이모 가야 한데이. 희망을 잃지 말거라. 절대 집에서 놀지 말거라. 더 움직거리라."

아버지께서는 죽음의 공간으로 떨어져 앉는 그 순간에서도 아들의 속을 꿰뚫어보고 용기를 주기 위해 다행히 깨어나셨습니다. 저는 어눌하지만 아버지의 단호한 말씀을 듣고 가슴속의 돌덩어리가 쩍 갈라지는 것 같았습니다. 좌절과 분노가 녹아내리는 것을 느꼈습니다. 아무리 지고한 이념도 아버지의 사랑 앞에서는 사족에 불과한 것이었습니다.

그리고 복직을 위해 서울로 올라와 법원으로, 국회로 바쁘게 움직였고, 여러 사람의 도움으로 조금씩 안정을 되찾아 갔습니다. 그러다가 아버지께서 다시 입원하셨다는 소식을 듣고 지난달에 뵈러 갔었지요. 여전히 해결이 되지 않아 마음이 무거웠는데, 아버지께서는 제가 온다는 소식을 듣고는 정신을 가다듬고 기다리고 계셨지요. 못난 아들이 뭐라고. 흐트러진 모습을 보이기 싫어 정신을 가다듬고 또 가다듬는다는 말을 들었습니다.

"직장에서 그리 쫓기날 수는 없는기라. 우쨌든 이기서 니 발로 걸어나와야 한데이. 남자는 명예가 생명이라. 알것제. 내는 니를 믿는데이. 아부지 방 서랍장에 사진첩 찾거래이. 니 에미한테 말해 두었데이. 빨리 올라가래이. 여기서 어정거릴 꺼 없데이."

저는 그날 밤, 건장한 청년이었던 아버지를 만날 수 있었습니다. 대학생 아버지, 군인 아버지, 교사 아버지, 삼 남매의 아버지. 그리고 지금의 저를 만났습니다. 언제까지나 평탄하게 살 줄 알고 교만했고, 마치 사회 정의의 구현자인 것처럼 저의 주장만 펼쳤던 모습, 너무 부끄러워 얼굴을 들 수 없었습니다. 불편한 다리를 끌고 가족을 책임지기 위해 동분서주했던 아버지, 거나하게 취하면 노래 한가락으로 울분을 토해 내시던 그 평범한 삶이 얼마나 고단하게 만들어진 것인가를 이제 알 것 같았습니다.

그리고 아버지의 빛나던 모습 사이로 통장 하나가 있었습니다. 아들의 빈손 생활이 너무 걱정되셔서 적금을 헐어 만든 통장이었지요. 어머니께서는 내일 은행에 가서 처리하자고 하셨지만, 전 도저히 그럴 수는 없었답니다. 깊고 굵은 가장의 모습을 보여 주신 것만으로 충분했습니다.

내 안에 유유히 흐르시는 아버지,

다음 주에 복직을 위한 중요한 재판이 있습니다. 꼭 좋은 결과가 있을 것입니다. 좋은 소식 들고 조금은 가벼운 마음으로 뵈러 가겠습니다. 저도 아버지를 닮아 속마음을 잘 표현하지 못하지만, 이 편지를 계기로 아버지에 대한 깊은 존경과 사랑을 표현하려고 합니다. 지난번 뵈었을 때 아버지가 한 마리 고고한 학 같다는 생각을 가졌습니다. 천 년의 학처럼 큰 나무에 앉아 늘 저를 지켜봐 주시기 바랍니다.

아버지, 얼른 쾌유하시기를 간절히 바랍니다.

2016년 5월 8일
부족한 아들 올림

저 바다에 계시는 어머니께

김준길
울산광역시 남구

어머니, 아들입니다.

오늘도 거제 바다 물결은 어떤지요? 바다와 함께 해 온 어머니의 삶은 거친 파도를 이겨내며 우리 가족을 지켜온 시간들이라고 생각합니다. 거제도 바닷물 몇 되가 어머니의 용돈이고, 수평선에 널린 주홍빛 노을이 어머니의 옷이며, 닳고 닳아 새까매진 몽돌이 어머니의 끼니일 것입니다.

생각해 보면 참 모진 시간들이었는데 지금도 바다를 바라보고 계실 어머니를 떠올리며 이 편지를 쓰고 있는 제 마음이 아련해집니다. 술을 좋아하셨던 아버지는 사흘이 멀다 하고 집을 나가시고, 어머니 혼자 모든 책임을 떠맡아 자식들 힘들지 않게 하려고 무던히 애쓰셨지요.

채소와 과일을 잔뜩 머리에 이고 시장으로 장사를 다니시다가 집으로 돌아오던 어느 날, 마루에 풀썩 주저앉아 저 멀리 백사장에 떠밀려 온 미역줄기만도 못한 운명이라며 처음으로 눈물을 보이셨습니다. 그래도 조용히 삭히고 저희들 밥을 차려 주러 부엌으로 향하던 어머니의 뒷모습을 보며 얼른 커서 어머니의 짐을 덜어 드리는 아들이 되고 싶었습니다.

어머니, 20여 년 전 경찰시험에 합격하자마자 제일 먼저 어머니께 전화를 드렸었지요.

"아이고, 장하다. 우리 아들 장하다. 밥 잘 챙겨묵고 몸 상하지 않게 하그라. 나는 그저 느그만 잘 되면 그걸로 된다."

어머니의 반가운 음성 뒤로 여전히 술에 취해 소리를 지르는 아버지의 목소리가 들려왔습니다. 그렇게 기쁜 날마저 술에 취해 고함을 지르는 아버지를 자식에게 들키지 않으려고 어머니는 서둘러 전화를 끊으셨습니다.

힘든 파고를 넘나드는 어머니의 삶이 눈앞에 그려져도 저는 제 삶에 충실했고 결혼을 했습니다. 연년생으로 아이들이 태어나고 저도 부모가 되어 아이들이 주는 기쁨을 행복으로 삼고 살아갔습니다. 하지만 생각지도 않았던 불행이 찾아왔습니다. 친구에게 보증 선 일이 잘못되어 한순간에 빚더미에 올라앉게 되었고, 철저하게 종적을 감춰 버린 친구 대신 채권자들이 제게 몰려와 빚 독촉을 하기 시작했지요. 경찰서 내에서도 금세 소문이 파다하게 퍼졌습니다.

제 빚도 아니면서 빌고 갚아 주며 때로는 미루고 버티기도 했지만, 월급까지 차압당하는 지경에 이르고 나니 더이상 경찰서에 얼굴을 들고 다닐 수가 없었습니다.

　서장실에 불려가 한바탕 채근을 들은 그날, 수없이 쓰고 지우기를 반복하던 사직서를 냈습니다. 그런데 힘든 과정을 겪으며 지친 아내가 얼마 후 이혼장을 내밀었습니다.

　충격으로 힘든 나날을 보내다가 직장과 가정이 있던 울산에서 최대한 멀어지고 싶어 아는 사람 하나 없는 낯선 곳으로 떠났습니다. 그리고 어떤 일도 마다하지 않고 일을 했습니다.

　애를 태우고 계실 어머니께 연락을 드릴 수가 없어 무소식으로 지내던 어느 날, 추석을 앞두고 전화기에 어머니 번호가 떴습니다. 명절에 어머니께 보낼 돈 몇 푼도 없는 처지라서 전화도 못 받고 망설이다가 안 받으면 더 큰 걱정을 하실 것 같아 받았습니다.

　"밥은 먹었냐? 어디 아픈 데는 없냐?"

　"네 어머니, 죄송합니다."

　어머니 음성만 듣고도 한동안 아무 말을 할 수 없었습니다.

　"나는 걱정 말그라. 얼른 니 통장번호 좀 불러 봐라."

　"번호는 왜요?"

　"지금 장사 나가야 하니까 엄마 바쁘다, 얼른 불러 봐라."

　그리고 전화가 끊어졌습니다. 생업수단인 차 기름 넣을 돈도 빠듯하던 저는 대충 짐작을 하면서도 과장된 연기를 하며 얼른 계좌번호를 댔습니다. 잠시 후 통장엔 눈물겨운 돈 백만 원과 어머니의 이름 석 자가 찍혀 있었습니다. 그리고 바로 어머니로부터 오타 투성이의 문자가 왔습니다.

'낼모레가 추석인데 어디에 이뜬 배는 골지 마라야지. 엄마는 걱쩡마라. 돈도 엄쓸틴데 와따가믄 돈만 든다. 그래서 이번 추석은 안 와도 된다. 그래도 느그 아부지 제사 때는 꼭 오니라.'

천하에 못난 놈, 천지에 몹쓸 나란 놈, 어머니는 밤늦도록 전화를 받지 않으셨습니다. 아들의 눈물 섞인 목소리를 차마 들을 수 없어서 그랬다는 걸 저는 압니다. 구부러진 허리로 장사해서 버신 젖은 돈을 덥석 받아들다니….

아무리 불효 막심한 놈이라도 어찌 감히 쓸 수 있겠나 싶었지만, 어머니의 피 같은 돈 백만 원은 며칠 만에 제 손에서 사라져 버렸습니다. 낼모레 쉰이라는 내 나이가 부끄러워 사정없이 종아리를 때렸습니다. 이 나이가 되도록 늙은 어머니의 피고름만 빼먹고 있는 극심한 불효가 시퍼렇게 가슴에 멍이 들도록 말입니다.

어머니, 당신이 시장에서 파는 과일들은 닦고 또 닦아 늘 반지르르 윤이 났습니다. 비록 집 한 채 없이 좌판 같은 곁방에 살지만 주눅 들지 말라고 삼 남매를 깨끗하게 닦이고 입힌 것처럼 말이지요.

혹시 탁한 물이라도 튀길세라, 어머니는 장사를 하셔도 자식들에게 해가 갈까 양심적으로 과일도 곱고 싱싱한 것만 놓고 팔았다는 걸 압니다. 과일도 제값 하는데 사람은 언젠가 제값을 하게 되어 있다면서 약해지지 말라고 제 마음까지 닦아 주셨습니다.

어머니, 튼 손 한번 제대로 살펴 만져보지 못하고, 동상 입은 발 한번 닦아 드리지 않았는데, 반지르르 잘도 닦여진 과일들 옆 구석자리에 닦지 못한 어머니의 늙은 여생만 한 소쿠리 자식들이 안겨 드렸습니다.

먼 길 돌아와 변호사 사무실 사무장으로 근무하게 된 지금, 어머니가 아니었다면 저는 아직도 길을 헤매고 있었을지 모릅니다. 모든 사람들이 나의 등에서 야멸차게 몸을 돌려 멀어질 때, 섬이 방황하는 갈매기를 제 터에서 보듬듯 언제나 품을 내어 안아 주신 어머니.

오늘도 거제도 바다 한복판에서 당신의 삶을 이어가며 언제나 팔 벌려 기다리다 늙어 가시는 내 어머니. 두 번 다시는 어머니 가슴에 대못질하는 아들이 되지 않겠습니다. 당신이 믿고 기다려 준 시간들을 거스르지 않고 오늘에 충실하며 열심히 살아가겠습니다.

가끔 아무 걱정 없이 거제도 푸른 앞바다를 어머니와 나란히 앉아 편안하게 바라보는 꿈을 꿉니다. 그날이 멀지 않았지만 여생으로 바뀐 어머니를 보면 제 마음이 조금 급해집니다.

어머니, 건강하셔야 합니다. 꼭 건강하게 저를 기다려 주셔야 합니다.

이제는 제 품에 어머니를 꼭 안아 드리고 싶습니다.

2016년 5월 9일

못난 아들 올림

저 바다에 계시는 어머니께

어머니, 아들입니다.

오늘도 거제 바다 물결은 어떤지요? 바다와 함께 해 온

어머니의 삶은 거친 파도를 이겨내며 우리 가족을 지켜온

시간들이라고 생각합니다. 거제도 바닷물 몇 되가 어머니의 용돈이고,

수평선에 널린 주홍빛 노을이 어머니의 옷이며,

닳고 닳아 새까매진 몽돌이 어머니의 끼니일 것입니다.

생각해 보면 참 모진 시간들이었는데 지금도 바다를 바라보고 계실

어머니를 떠올리면 이 편지를 쓰고 있는 제 마음이 아련해집니다.

술을 좋아하셨던 아버지는 사흘이 멀다 하고 집을 나가시고,

어머니 혼자 모든 책임을 떠맡아 자식들 힘들지 않게 하려고

무던히 애쓰셨지요.

채소와 과일을 잔뜩 머리에 이고 시장으로 장사를 다니시다가

집으로 돌아오던 어느 날,

마루에 풀썩 주저앉아 저 멀리 백사장에 떠밀려 온

미역줄기만도 못한 운명이라며

처음으로 눈물을 보이셨습니다.

등대 같은 당신께

박 혜 균

경북 영덕군

이른 새벽, 당신이 집을 나서는 발걸음 소리를 들으면 가슴이 먹먹해집니다.

제가 깰까 봐 발뒤꿈치를 들고 조심스레 움직이는 당신의 그림자가 한지 창을 통해 방으로 들어오거든요. 처음에는 당신이 일어난 것을 아는 순간에 멋모르고 깨어났었죠.

그때 당신은 제게 이렇게 말했습니다.

"푹 자야지. 당신이 깰까 봐 무척 조심하는데도 깨웠나 보네. 더 살살 움직여야 하는 거였구나. 미안해."

그 이후로는 당신이 일어난 걸 알면서도 잠든 척하고 있습니다.

당신이 출항을 하고 나면 집안에는 당신이 어제 신었던 장화만이 당신의 체취로 저를 반겨 줍니다. 당신에 대한 미안함과 살아야 할 희망을 주면서요.

5년 전, 제가 혈액 투석을 위해 혈관 수술을 하면서 당신의 삶은 완전히 바뀌어 버렸습니다.

　"투석 후유증과 이식 합병증에 대한 공부를 했는데, 어떻게든 둘 다 하지 않는 것이 최선인 것 같아. 내가 어떻게든 당신이 투석이나 이식을 안 하고도 건강한 사람처럼 살 수 있도록 해 줄게."

　그렇게 당신은 저를 데리고 바다가 있는 이곳으로 들어왔습니다. 당신이 했던 이 말에 사람들은 그랬죠.

　"아무리 발버둥을 쳐도 투석이나 이식은 무조건 하게 되어 있어. 신장병은 다른 병과 달리 유지만 해도 성공이라고 하잖아."

　지금까지의 결과로 보면 당신 말이 맞습니다. 여전히 환자이긴 하지만, 5년이 지난 지금까지 저는 투석이나 이식 없이 건강한 사람처럼 잘 지내고 있으니까요.

　작년에는 '투석은 아직…'이라는 진단까지 받아 수술한 혈관을 복원하여 많은 사람들로부터 '남편의 사랑 덕분'이라는 부러움도 받게 되었죠.

　그러나 제가 건강해지는 것과 달리, 도시 생활만 했던 당신의 손은 점점 거칠어져 갔습니다.

　저를 위해 키보드 대신 어선 운전대를 잡았고, 늦은 출근의 느긋함을 포기하고 새벽 출항을 해야 했으니까요. 힘든 바다 일과 더하여 제 건강을 위해 황토방도 만들고, 마당에는 자갈과 모래를 몇 번이나 덮고 깔아 주며 정성을 다했습니다.

　등짐을 너무 많이 져서 어깨뼈가 상할 정도가 되었는데도 '당신이 지금만큼만 산다면' 하고 웃어넘기는 당신을 보면, 정말 미안하고 건강하게 살아야겠다는 결심을 한 번 더 하게 됩니다. 태어나서 처음 해 보는 바다 일인데도 힘든 내색을 하지 않는 당신.

그러나 저는 압니다. 얼마나 힘들게 뱃멀미에 적응해야 했으며, 당신이 느끼는 삶의 무게가 무겁다는 것을요. 바다로 나서면 죽음의 순간과 맞닥뜨리는 일도 있지만, '괜찮다'며 저를 안심시켜 주는 것도 당신의 속 깊은 배려임을 잘 알고 있습니다.

그리고 그 힘든 와중에도 매일 저와 함께 산책길에 나서 주는 당신을 옆에서 보면 더 씩씩하게 걷게 됩니다. 그때마다 당신과 제가 보내는 시간이 우리 삶에 얼마나 소중하고 행복한지 항상 느끼고 있습니다.

저는 또 알고 있습니다. 힘든 바다 일로 거칠고 검게 변한 얼굴이 되었어도 당신이 세상 어떤 사람보다 멋지고 좋은 남자라는 것을요.

어부로 사는 일이 힘들지만, 늘 웃는 당신 덕분에 낯가림이 심한 제가 마을 사람들과도 잘 지내게 되었습니다. 그래서 마을 사람들에게 인정도 받고 즐겁게 어울릴 수 있으니, 저도 당신 말처럼 '시골로 잘 내려왔구나' 하고 생각하게 됩니다. 물론 앞으로도 힘든 일이 많겠지만, 우리가 지금처럼만 지낼 수 있다면 얼마든지 참고 견딜 수 있을 거예요.

사랑하는 당신,

매일 장화를 바꿔 신어야 할 만큼 힘든 출항이지만, 오늘도 안전하게 조업하고 웃는 얼굴로 저 문을 들어서겠지요. '당신이라는 등대 덕분에 돌아오는 건 잘 하지' 하면서요.

그런데 당신, 이거 아세요? 당신이야말로 제 삶의 등대라는 것을요. 제가 아침이면 당신 발자국 소리에 잠을 깨고, 저녁이면 당신이 돌아오는 발자국 소리로 하루의 평온을 느끼며 살아가고 있다는 것을요. 그러니 만선의 욕심일랑 버리고 안전하게 귀항만 하면 돼요. 그래야 현관에서 교대를 기다리는 저 장화도 제 몫을 할 수 있고, 날마다 조금씩 건강해지는 저도 지켜볼 수 있잖아요.

여보,

오늘도 힘든 하루겠지만 잘 하리라 믿어요.

꺼지지 않는 등대가 당신을 기다린다는 것을 늘 기억해 주세요.

2016년 5월 15일

당신의 아내 드림

2016 대한민국 편지쓰기 공모대전 대학생 · 일반부 동상

나의 어버이가 되어 준 고모에게

박 영 미

전북 군산시

고모, 조카 영미예요.

5월, 생명력이 넘치는 연초록 물결이 넘실거리네요.

부릉부릉. 아침부터 고모의 16년 애마, 오토바이는 힘차게 엔진소리를 뿜어내네요. 고모, 그거 아세요? 김제 시내 수많은 오토바이 중 저는 고모의 오토바이를 소리만 듣고 알아낼 수 있다는 걸요. 언제나 에너지 넘치는 그 오토바이 소리를 들은 지도 16년이 흘렀네요.

지금으로부터 16년 전, 고모는 우리 남매를 키우기 시작하셨지요. 그때 제 나이 열일곱, 고모 나이 서른다섯이었어요. 한창 사춘기이고 먹성 좋은 중 · 고등학생 둘을 키운다는 게 얼마나 쉽지 않은 결정이었을까요. 지금 제가 그때 고모 나이(33세)쯤 되고 보니 '나라면 조카 둘을 키울 수 있을까?' 고개가 절레절레 흔들어지네요.

저라면 못했을 그 일을 고모는 해내셨어요. 그 힘든 상황에서 저희

남매를 사랑으로 맞이해 주셨지요. 이 편지를 쓰면서 너무나 감격스럽고 행복한 제 마음을 글로 표현한다는 것이, 또한 잘 키우셨다는 증거 아닐까요.

고모, 이런 말씀 드리기 송구스럽지만, 조카들 정말 잘 키우셨습니다. 고모랑 처음 같이 살던 날, 고모가 하셨던 말을 저는 아직도 잊을 수 없어요.

"고모가 작게나마 식당이라도 하니까 너희들 밥은 굶기겠냐. 숟가락, 젓가락 두 짝씩만 더 놓으면 된다. 우리 잘 먹고 잘 살아보자."

정작 고모도 자식 둘을 홀로 키우며 식당에 딸린 작은 방에서 사셨는데, 어떻게 우리 남매까지 받아들일 수 있었는지. 그건 우리 남매가 불쌍하고 안쓰러워 그랬겠지요. 또 고모의 한없이 넓은 마음이기도 하고요.

일찍이 엄마는 저희 곁을 떠나고, 우리 뜻과 상관없이 새엄마를 만났지요. 그분은 신데렐라 속 계모보다 더 무서웠어요. 9년간 학대 속에 살다 설상가상으로 아버지까지 돌아가시고 우리 남매는 세상 밖으로 버려지게 되었지요. 너무 절망스러운 나날이었어요. 그때 저는 매일매일 이대로 잠들어 영영 깨어나지 않길 기도했어요.

하루하루 힘들고 외롭던 그때, 손을 내밀어 주신 분이 고모였지요. 무조건 같이 살자고 손잡아 주시던 날, 고모 손길이 마치 구원의 동아줄처럼 느껴졌어요. 그때 고모가 우리를 안 키워 주셨다면 우린 지금 어떤 어른이 되어 있을까요? 세상을 원망하며 사람과 단절된 삶을 살고 있을까요? 왠지 그럴 것 같아 상상하기도 끔찍하네요.

'내가 태어난 이유'를 찾던 사춘기 시절, 고모는 저에게 부모 그 이상이 되어 주셨어요. 언제 깨질지 모르는 유리알 같은 제 마음속에 찾아와 항상 어루만져 주셨어요. 그리곤 내가 너를 사랑한다고, 내가 너를 위해 열심히 일하는 이유라며 늘 따뜻하게 안아 주셨어요. 그리고 하루하루 최선을 다해 생활하는 모습을 보여 주셨지요.

우리를 키우고 나서부터 고모는 식당 앞에 포장마차를 내고 호떡까지 파셨지요. 아마 식구가 두 명이 더 늘었으니 돈을 더 벌고자 그러셨겠지요. 그런 고모 옷에는 항상 기름 절은 냄새가 사라지지 않았어요. 파스 냄새 역시 마찬가지였어요.

고된 하루 일과를 마치고 들어와 자식들 먹는 게 제일 좋다며 고모는 또 음식을 해 주셨지요. 아무리 피곤해도 콧노래를 부르며 부엌에서 요리하시는 모습은 제겐 너무 따뜻한 기억으로 남아 있어요.

별명이 '뼈다귀'였던 제가 살이 붙기 시작한 건 분명 고모를 만나고부터였어요. 고모는 앙상한 제 뼈에 살을 붙여 주셨고, 빈곤한 제 영혼에 행복을 불어넣어 주신 진정한 어버이라고 생각해요.

무엇보다 계모의 학대로 인한 트라우마를 말끔히 지워 주신 것도 바로 고모였어요. 언젠가 집에 늦게 들어온 제게 실망하신 고모는 불같이 화를 내셨지요. 그때 겁먹은 제가 말했어요. "고모, 때리지만 말아 주세요." 너무 놀란 고모는 제 앞에서 펑펑 우시며, "절대 때리지 않겠다. 누구든 네 몸에 털끝 하나 건드리지 못하게 하겠다"면서 학대로 생긴 정신적 아픔까지 어루만져 주셨어요. 그런 고모 덕분에 그 상처를 치유할 수 있었어요.

이뿐일까요. 매사에 주눅 들어 있고 소심한 제 성격 역시 고모와 살면서 많이 바뀌었어요. 동네에서 여장부로 통하던 고모는 적극적이고 화통하셨지요. 그런 고모 곁에서 생활하다 보니 저 역시 고모를 닮아가는 제 자신을 발견하게 되었답니다. '여자도 배워야 한다'며 늘 저에게 자극을 주셨고, 덕분에 꿈같은 대학에 가게 되었어요. 그곳에서 대학신문사 문을 두드리게 되었지요. 고모와 살지 않았다면 도전해 볼 용기조차 없었을 거예요.

예전 같으면 '나 같은 사람이 어떻게 기자를 할 수 있어'라고 생각했겠지만, 고모와 살고부터는 '한번 해 볼까'라는 도전의식과 용기, 적극성이 제 영혼을 채웠어요. 고모의 응원에 힘입어 지역신문 기자라는 직업을 갖게 되었고, 누구보다 당찬 여성이 되어 지역사회 곳곳에 제 이름 석자를 당당히 드러내며 휴먼 기사를 쓰는 기자가 됐지요. 세상 속에 숨어 있는 따뜻한 사람들 이야기를 찾아내어 훈훈한 이야기를 전하고 싶은 꿈을 펼치고 있어요. 고모가 우리에게 준 사랑을 저도 이 사회에 작은 힘이나마 나누고 싶어요. 이 모든 게 '고모' 덕분이고, '고모'가 있음으로 가능했던 인생역전이에요.

고모, 저의 우울했던 청소년 시절을 아름답게 색칠해 주고 상처를 치유해 주셔서 감사해요. 저는 이제 고모의 노후를 아름답게, 행복하게, 살맛나게 꾸며 드리고 싶어요.

제 삶에서 어버이보다 위대한 고모, 진심으로 사랑해요.

2016년 5월 12일

영미 올림

빛이 되어 준 아들에게

이 은 정
대구광역시 동구

내 아들 도헌아,

2010년 1월 1일, "19시 52분, 남아입니다"라는 간호사의 희미한 음성으로 기억되는 너의 출생. 첫아이는 늦어진다는데 예정일을 나흘이나 앞당겨 뜻하지 않게 새해둥이, 그해 일등으로 우리에게 와 준 내 아들 도헌아,

올해 1월 1일 어김없이 일곱 살을 맞이했고, 요즘 한창 한글을 떼고 책 읽기에 여념이 없는 의젓한 내 아들. 첫돌 때도 남들 다 하는 돌잔치를 못해 줘서 미안했는데, 이번 일곱 번째 생일 때도 왜 이렇게 마음이 아픈지 모르겠구나. 새해 첫날부터 돌잔치를 하려니 장소도 마땅치 않고 손님들 오라 가라 하기도 그렇고, 이게 다 네가 새해둥이로 태어난 탓이라고 우스갯소리를 했지만, 엄마는 마음이 얼마나 아팠는지 몰라.

아빠가 사고로 갑자기 우리 곁을 떠난 지 석 달이 채 되지 않았던 너의 첫돌날, 집에서 대충 차린 돌상에서 너는 실과 신용카드를 집었지. 이제는 제법 커서 엄마에게 회사 다녀오라고 손도 흔들어 주고, 다녀오면 엄마 등을 토닥여 줄 줄도 아는 도헌아, 남들은 새해둥이라 또래보다 발달이 빠르다고 하지만 엄마는 괜히 아빠 없이 자라는 네가 세상에서 늦게 알아도 되는 것들을 빨리 배우고 있지는 않은지 걱정하며 잠을 설치는 밤도 있단다.

지금보다 더 아기일 때, 기저귀를 갈 때면 씨익 웃으면서 혀짤배기 소리로 "엄마, 미안~" 할 때도, 혼자 물을 마시다가 엎질렀을 때 네가 먼저 수건을 들고 와 서 있을 때도, 놀이터에서 놀다가 넘어져도 혼자 일어나 손을 털며 "괜찮아~" 할 때도 엄마는 그런 너를 보면서 정말 괜찮지 않단다.

그래서 엄마가 매번 너에게 다그치듯 이야기하지.

"미안해하지 않아도 돼. 괜찮아! 네가 왜 미안해?"

네가 쉬야를 앉아서 하려고 할 때 엄마는 난감하기도 했고, 한편으로는 눈물을 삼켰지. 아빠가 계시면 얼마나 좋을까 하고 말이야.

누군가 그러더구나. 엄마에게 필요한 건 딸이라고. 하지만 엄마 곁에는 네가 있잖니? 밤에 너랑 누워 울컥 눈물이 나는 날, 엄마의 눈물이 숨을 수 있도록 모르는 척 돌아눕는 너의 작은 어깨 밑에 숨겨진 그 넓은 등을 사람들이 알 수 있을까?

이런 아들 바보 엄마가 집에 들어올 때 "도헌아~"라고 부르지 않고 "아들~" 하고 현관을 들어서는 걸 유심히 들어 둔 네가 말을 배우기 시작하고 얼마 되지 않았을 때, 설거지하는 엄마 옆에 서서 그 작은 손을 네 가슴에 대고 "아~덜~" 하고 말했을 때, 엄마가 얼마나 행복했는지 넌 모르지? 밖에 나가 있는 엄마에게 전화해서 '아기 곰' 노래를 처음 불러 주던 날, 삐뚤빼뚤 글씨로 엄마에게 첫 편지를 남겼던 날, 네가 크고 나면 너와 나의 이런 날들은 엄마에게만 남겨지겠지만, 언제나 기꺼이 너에게 고마워하면서 그 시간 속으로 타임머신을 타고 즐거운 여행을 할 거야.

올해도 엄마가 돌아갈 타임머신 여행지가 켜켜이 쌓이고 있단다. 엄마와 항상 행복하고 건강하게 지내며 내년 1월 1일, 학교에 들어가는 여덟 번째 생일을 즐겁게 기다려 보자. 남들처럼 근사하게 보내지는 못해도 촛불 켜놓고 생일 축하 노래 부르고, 고깔모자 쓰고 네가 좋아하는 촛불놀이 실컷 할 수 있도록 해 줄게. 약속해!

항상 엄마에게 힘이 되어 주는 도헌아,

네가 이 편지를 읽고 이해하는 날이 오면 또 다른 추억이 되겠지. 이젠 엄마도 건강한 마음으로 세상과 마주할 수 있단다. 때로는 고통을 이겨 낸 순간들이 지혜를 주고 인내력도 선물하여 더 큰 결실을 맺고 기쁨으로 돌아온다는 사실을 믿어.

네가 세상 밖으로 혼자 걸어 나갈 때까지 길이 되고 빛이 되어 줄게. 네가 엄마에게 그런 것처럼.

고맙다, 내 아들.

2016년 5월 2일
사랑하는 엄마가

내 삶의 공동 저자, 당신께

이 경 화
경남 사천시

논가의 개구리 울음소리가 듣기 좋은 5월의 밤이에요.

모두가 곤히 잠든 밤, 오랜만에 편지를 씁니다. 이렇게 편지를 쓰고 침실에 들어가 누우면 세 개의 숨소리가 들리죠. 하나는 당신 숨소리, 그리고 나머지는 두 아이의 숨소리. 나는 눈을 감고 있어도 누구의 숨소리인지 구분할 수 있어요. 드르렁~ 코 고는 소리로 바뀔 당신의 숨소리, 푸쉬푸쉬 하루 종일 뛰노느라 바빴던 첫째 숨소리, 쌔근쌔근 천사같이 곤히 잠든 막내 숨소리. 들이쉬고 내쉬는 그 숨소리들의 연주를 들으면 얼마나 행복해지는지요. 무탈하게 보낸 하루가 또 얼마나 감사한지요.

당신과 함께 가정을 꾸린 지 6년째. 우린 어느덧 두 아이의 부모가 되어 있네요. 당신을 처음 만난 그날이 아직도 생생해요. 선배의 소개로 약속 장소로 향하던 그날. 먼저 나와 기다리던 당신이 그 사람

이라는 걸 한눈에 알아차릴 수 있었어요. 앗, 저 사람이다, 저 사람
이어야 한다는 그런 느낌. 어색해하며 들어간 샤브샤브 집. 당신이
먼저 문을 열어 주는데 뒷모습을 보고 '아, 내가 이 사람과 결혼하게
되겠구나' 라는 예감이 들었어요.

왜 그랬냐구요? 당신의 바지 뒷단을 보고 첫눈에 반했다고 하면
조금 황당하겠지요? 하하.

깨끗하게 다린 바지 뒷단, 길지도 짧지도 않은 남색 정장 바짓단
을 보고 성실하고 책임감 강하며 다정한 사람이라는 걸 직감할 수
있었어요. 그 직감대로 우린 만난 첫날부터 사랑에 빠졌고 1년 반이
란 연애시절을 보낸 뒤 결혼을 했지요.

저도 여자인지라 결혼에 대한 환상이 있었나 봐요. 동화나 드라마
처럼 공주 같은 웨딩드레스를 입고 결혼식을 치르고 나면 무조건
'행복하게 살았답니다' 로 마무리되는 게 당연하다 생각했어요. 매
일 예쁜 옷을 입고 맛있는 아침 밥상을 차려주고, 남편은 늘 사랑을
속삭이고, 아기는 천사처럼 태어나 엄마의 사랑만으로 자연스럽게
커가는 건 줄 알았어요.

그런데 우리 현실은 너무나도 달랐죠. 결혼을 하고 나니 생각하고
고려해야 할 부분은 열 배, 스무 배로 많아졌어요. 생활 패턴이 다른
한 남자와 맞춰 가는 부분도 쉽지 않았죠. 무엇보다 출산과 육아는
드라마의 모습과 너무도 달랐답니다. 첫째를 낳고 기르며 흘린 눈물
은 어마어마했죠. 아이 둘을 낳고 기르며 거울 속에 비친 내 모습을
볼 때마다 우울한 마음이 커졌어요. 머리칼은 푸석해지고 눈 밑의

주름은 늘어가고, 생글생글 웃던 모습은 사라지고 퇴근해 돌아온 당신에게 짜증만 내는 제가 싫어졌어요. 외식 한 번 하는 것도 어려운 일이 되었고, 먼 곳으로 여행을 가는 것도 자유롭지 않았죠. 그런 일상들이 반복되고, 육아에 지친 서로의 모습을 보며 우리 젊음이 이렇게 지나가 버리는 건 아닌지 한없이 서글퍼졌어요.

그런데 여보, 오늘 첫째와 동화책을 읽는데 사막에 사는 낙타 한 마리가 저에게 알려 주더라구요. 나이가 많은 이 낙타는 사막에 사는 도마뱀, 선인장, 별, 모래들의 불만을 들어주고 그들이 가진 장점을 알려 주는 아주 지혜로운 낙타였어요.

하지만 정작 자신의 고민을 생각해 본 적이 없었던 거예요. 그러다가 오아시스에 비친 주름 가득한 자기 모습을 보고 갑자기 우울해졌어요. 늘 힘이 넘치고 아름답던 젊은 시절이 그리워졌죠. 하지만 많은 생명들을 위로해 주고 토닥여 주는 자기 모습을 보고, 그냥 늙은 것이 아니라 더 깊어지고 지혜로워졌다는 걸 깨달았어요. 나이를 먹어 가며 다양한 경험과 좋은 추억들을 쌓을 수 있었고, 비록 얼굴은 나이를 피해 갈 수 없지만 마음은 더 아름다워졌다는 걸 알게 된 거죠.

그 낙타를 보며 느꼈어요. 아! 내가 그저 찌들어 살아가고 있는 건 아니구나. 한 남자의 아내, 두 아이 엄마의 삶이 혼자였을 때보다 힘들고 지치지만 하루하루 행복한 이야기들을 쌓아 가며 마음이 깊어지고 있었다는 걸요.

맞아요. 만일 당신과 결혼하지 않았더라면, 이 아이들을 낳지 않았더라면, 나는 이 행복을 느껴보지 못했을 거예요. 가족을 위해 식사 준비하는 일, 아이 유치원 가방 챙기는 일, 당신의 간식과 물 챙기는 일, 열나는 아이를 밤새 간호하는 일, 엄마가 되고서야 이해되던 친정엄마의 마음, 그 역할을 해내며 알아가고 느끼는 경험들이 모두 나의 소중한 일상이었다는 것이 점점 행복으로 자리해요.

무엇보다 아이와 당신이 속삭여 주는 '사랑해'라는 말, '엄마가 최고야', '당신이 최고야'라는 말은 세상 그 무엇과도 바꿀 수 없는 힘이 되죠. 6년 동안 변함없는 당신 모습은 얼마나 감사한지요. 매일 아침 출근해서 보내 주는 사랑한다는 메시지, 퇴근해 돌아오자마자 산더미처럼 쌓인 집안일도 척척 해 주고, 아이들과 최선을 다해 놀아 주려는 당신의 마음까지.

어른이 된다는 것, 늙어 간다는 것은 그리 슬픈 일이 아니라는 걸 낙타에게 배웠어요. 그리고 느꼈답니다. 살아간다는 것은 하루하루 이야기를 쌓아 가는 일이라는 것을요. 당신과 내가 그리고 아이들이 공동 저자가 되어 재미있거나 슬프거나 유쾌하거나 감동적인 이야기들을 만들어가다 보면 우리 인생이 특별한 한 권의 책이 되겠지요.

시간이 흐르고 나면 깊게 패인 주름이 보이겠지만 그 주름 속에 우리 이야기가 하나하나 들어가 있을 것 같아 두렵지 않아요. 당신과 함께 고운 주름들을 만들어 가며 나이 들어 가고 있다는 것이 행복하네요. 우리가 엮어 가는 책이 지루하지 않았으면 해요.

우리 삶의 공동 저자님, 내일의 이야기를 기대하며, 잘 자요.♡

2016년 5월 15일
오랜만에 러브레터를 쓰며 아내 드림

내 삶의 공동 저자, 당신께

논가의 개구리 울음 소리가 듣기 좋은 5월의 밤이에요.

모두가 곤히 잠든 밤, 오랜만에 편지를 씁니다.

이렇게 편지를 쓰고 침실에 들어가 누우면 세 개의 숨 소리가 들리죠.

하나는 당신 숨 소리, 그리고 나머지는 두 아이의 숨 소리.

나는 눈을 감고 있어도 누구의 숨 소리인지 구분할 수 있어요.

드르렁~ 코 고는 소리로 바뀔 당신의 숨 소리,

푸쉬푸쉬 하루 종일 뛰노느라 바빴던 첫째 숨 소리,

쌔근쌔근 천사같이 곤히 잠든 막내 숨 소리.

들이쉬고 내쉬는 그 숨 소리들의 연주를 들으면

얼마나 행복해지는지요. 무탈하게 보낸 하루가 또 얼마나 감사한지요.

당신과 함께 가정을 꾸린 지 6년째. 우린 어느덧 두 아이의 부모가 되어 있네요.

당신을 처음 만난 그날이 아직도 생생해요.

선배의 소개로 약속 장소로 향하던 그날.

먼저 나와 기다리던 당신이 그 사람이라는 걸 한눈에 알아차릴 수 있었어요.

앗, 저 사람이다, 저 사람이어야 한다는 그런 느낌.

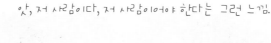

오빠, 이제 우리와 함께해요

박 지 영

대구광역시 달서구

오빠, 잘 지내시죠?

지난 설날 뵙고 나서 못 뵌 지도 석 달이 지났네요. 부모님은 가까이 사는 저희들이 자주 찾아뵙고 농사일도 거들고 하니 너무 걱정 않으셔도 됩니다.

난생처음 여동생의 편지를 받아든 오빠의 놀란 모습이 상상이 되네요. 저 역시 많이 망설이다 펜을 들었습니다. 이 편지를 쓰는 게 잘한 일일까라는 고민이 가장 컸습니다. 그래도 이렇게 편지를 쓰게 된 이유는 삼십여 년 넘게 우리 가족 누구도 꺼내지 않은 그 얘기를 하려고 합니다. 언젠가 한 번은 하겠노라고 생각하며 오랜 시간 가슴속에 묻어 둔 그 얘기를 더 늦게 전에 말이에요.

그날이 아직도 생생해요. 고등학교 졸업을 앞두고 작은 공장에 취직이 되어 대구로 떠난 오빠가 갈 때보다 더 시커먼 얼굴로 가방을 메고 서너 달 만에 불쑥 집에 들어왔을 때를요. 그리고 가족 그 누구와 눈길 한번 마주치지 않고 곧장 작은방에 들어가 들리던 그 통곡 소리를 기억해요. 엄마도 울고 아버지는 작은방 앞에서 서성대기만 했죠. 저도 눈치는 있었던지라 뭔가 안 좋은 일이라는 짐작만 했을 뿐 부모님께 여쭤 볼 엄두를 못 냈지요. 곧이어 약방을 운영하시던 큰아버지께서 달려와 아버지와 목소리를 낮춰 나누시던 대화를 듣고 알았지요. 오빠의 사고 소식을요. 금형공장 낡은 프레스 기계에 엄지손가락 한 마디를 내주고 말았다는….

그날 밤 옆방에서 나와 엄마는 오빠의 울음과 신음소리를 듣고도 아무것도 할 수 없었죠. 어떤 위로의 말도 건네지 못하고 서성대기만 했어요. 그 고통을 덜 수도, 나눌 수도 없기에 소리 없이 울기만 했답니다. 오빠가 머물던 숙소도 변변치 않아 공장 창고 구석에 놓인 나무 침대에서 생활했다는 얘기를 하며, 엄마는 회사 상황이나 근무 환경에 대해 알아볼 생각도 못한 자신을 참 많이 자책하셨어요.

지금 생각해 보니 그땐 밥벌이만 된다면 묻지도 따지지도 않던, 모두가 가난한 시절이라 그랬던 게 아닌가 싶습니다. 고기반찬은 못 먹어도 연탄불은 꺼지지 않던 따뜻한 집을 떠나 등짝으로 올라오는 시멘트 바닥 냉기에 얼마나 힘들었을지, 엄마는 몇 번이나 되뇌었습니다.

스무 살 1월의 시리도록 긴 밤, 엄지 한 마디와 함께 사라진 청운의 꿈을 다시는 품을 수 없으리라는 절망감 앞에 큰아버지가 처방해 준 진통제 몇 알은 아무 소용 없었는지 오빠는 긴 울음을 그치지 않았었지요. 그런데 오빠의 사고에 어린 저도 마음이 많이 아팠지만 속으로 한 가지 의문이 들었어요. 오빠는 학창 시절 마지막 겨울방학도 즐기지 않고 왜 그리 서둘러 돈을 벌기 위해 떠났는지…. 게다가 야근까지 자처하며 왜 그렇게 힘든 생활을 했을까 하구요.

혹시 아무도 선언하지 않은 가난한 집 장남의 무게 때문이었나요? 장남의 무게보다 더 무거운 눈꺼풀에 손마디를 하나 잃어버린 오빠, 그것도 하필 제일 힘 좋은 엄지라니…. 이 의문과 안타까움을 삼십 년 넘게 품고 있었어요. 하지만 저도 나이가 들고 보니 맏이인 오빠의 마음을 조금은 이해할 것도 같더군요. 제과회사에 운전기사로 취직한 오빠가 첫 월급으로 들여온 파란 전자동 세탁기가 아직도 기억나요. 시골집 물때 낀 깨진 시멘트 마당에서 유일하게 홀로 빛이 났었지요.

오빠 혼자 맏이 노릇하느라 동동거릴 때 저는 그저 철없는 여동생 노릇만 충실히 했지요. 취직을 하여 대구로 간다는 말을 엄마에게 듣고도 오빠가 취직한 회사에 대한 관심도, 오빠가 집을 떠나는 데 대한 아쉬움도 없었답니다. 공부 못하는 오빠의 진로는 상아탑 대신 산업전선이 당연하다고 생각한 못된 동생이었으니까요. 하지만 웬일인지 그렇게 무심했던 오빠의 첫 직장 'ㅅ실업'이란 이름이 지금까지 잊히지 않네요.

오빠, 언니와 조카들도 잘 있지요? 새언니에게는 부모님뿐만 아니라 저도 항상 고마운 마음을 가지고 있답니다. 게으름 피우지 않고 열심히 살았지만 남들보다 짧은 손가락 때문인지 경제적으로 늘 부족한 오빠에게 불평 한 번 한 적 없는 언니가 얼마나 고마운지 모릅니다. 집안 형편을 알아 주독야경으로 부모의 짐을 덜어 주려 애쓰는 조카들도 기특하고요.

오빠, 한 번도 양지에 꺼내고 싶지 않았던 아픈 기억을 제가 괜히 들춘 건 아닌지 모르겠네요. 저의 사죄와 위로도, 오빠보다 저의 마음을 표현하고 싶은 건 아닌지, 저는 영원히 오빠에겐 철없는 여동생이 될 수밖에 없나 봅니다. 그래도 늦기 전에 꼭 한 번 말씀드리고 싶었어요. 평생 맏이 노릇하느라 애쓰셨다는 말과 그날 밤 하지 못한 늦은 위로를요.

소중한 오빠의 속 깊은 희생이 겨울날이 되면 더 마음이 아파오고, 혼자 받았을 그 상처들을 나누지 못한 동생으로서 부끄러움이 앞섭니다. 오빠의 삶 마디마다 저희들에게 주신 사랑을 이제야 표현합니다.

오빠, 이제 부모님 걱정은 혼자 하지 마시고 저희들과 함께 의논하며 무게를 나누어요. 8월 아버지 생신 때 온 가족이 모여 즐거운 시간 갖기를 고대하며 늘 건강하고 다복한 가정 되시기 바랍니다.

오빠, 고맙고 사랑해요.

2016년 5월 16일

철없는 동생 지영 드림

특별한 선물을 안겨 준 당신에게

정 용 진
충북 충주시

여보, 오늘은 성난 파도처럼 날씨가 요란스럽네요.

강풍이 온 세상을 헤집고 다니며 성난 기세로 베란다 창문을 거칠게 덜컹이며 마구잡이로 흔들어대고 있어요. 밖에서 들려오는 수많은 잡동사니들이 여기저기 부딪치는 요란한 소리에 평온하던 나의 심장 박동마저 놀라 불규칙하게 뛰고 있어요. 한겨울 발가벗은 몸으로 잘 버텨 오던 강인한 나뭇가지가 사정없이 꺾여 나가더니 땅속 깊이 뿌리내린 터전까지 허물어져 마지막 안간힘을 쓰고 있네요. 마치 당신과 내가 살아온 파란만장한 생을 회상이라도 하듯 말이에요.

파릇파릇 생기 있던 나뭇잎이 사정없이 찢겨 나가고 있어요. 흙과 먼지, 쓰레기와 오물이 뒤엉킨 데다 회오리바람까지 불어 잠시 외출을 미루고 당신에게 몇 자 적어 봅니다.

그동안 평탄하지 않은 삶을 거쳐왔지만, 두 손 꼭 잡은 채 나와 동행

해 준 당신에게 감사하고 있어요.

그런데 암담했던 그때 일이 오늘따라 왜 이리도 생생하게 떠오르는지 모르겠습니다. 영화나 소설에서만 있는 일인 줄 알았잖아요. 전신마비라는 병명 말이에요.

교통사고로 인한 당신의 전신마비 1급 판정. 정신 차릴 여유도 없이 벌어진 우리 집 화재 사건. 소방차가 7대나 왔었지만 내부는 완전히 소실된 상태였지요. 전신마비 당신과 철없는 어린 두 아이를 끌어안고 가기에도 숨이 차오르는데, 이 무슨 운명의 장난이었을까요? 나에게 내려진 사형선고 암 3기 판정. 그 뒤에 따라다닌 엄청난 불행들. 뒤돌아보고 싶지 않은 지난날의 아픔이지만 그 속에서도 우리는 서로에게 원망하지 않았어요. 많이 힘들었지만, 마치 해가 지고 나면 어두운 밤이 오듯, 우린 그렇게 기약 없는 어둠 속을 걷고 있었지요. 말없이 묵묵히….

당신과 나, 우리 두 아이 손을 잡고 어둡고 긴 터널 속을 지나 황량한 허허벌판을 헤매며 꽁꽁 얼어붙은 손과 발을 서로의 입김으로 녹여 주면서 말이에요.

드디어 어둡고 긴 겨울밤이 지나가고 허락 없이 왔던 모든 불행들이 우리 삶에 무릎을 꿇고 아름다운 꽃을 피우고 진한 향기로 새로운 태양을 맞이하게 되었지요.

여보, 우리 가족 서로의 위치에서 모두 힘들었지만 열심히 노력해 주어 지금처럼 특별한 기적 속에 살고 있음에 감사드립니다.

당신 기억나요, 그때 일들?

기약 없이 투병 중이던 당신에게 일어난 엄청난 사건들 말이에요. 전신마비 환자이던 당신이 어느 날부터인가 손가락 한 마디씩 움직이기 시작하더니 연이어 발가락이 하나둘 움직이기 시작할 때의 그 기쁨, 온 세상을 다 얻은 듯 비명을 지르며 행복해했던 순간을 말이에요.

그 행복의 순간을 마음껏 누리기도 전에 연이어 나에게 들려온 엄청난 비보가 우리를 또다시 힘들게 했습니다. 유선암에서 임파선암으로 전이되어 암덩어리를 스물여덟 개나 제거한 뒤 사경을 헤매었던 그때, 생각해 보면 꿈을 꾸어도 도망가 버리고 싶은 악몽 같은 나날이었습니다. 내가 미리 준비해 놓은 수의와 영정사진도 당신이 보기 싫다며 없애 버렸잖아요.

그때 내 나이 고작 39세였어요. 그런데 벌써 20년이 넘었네요.

여보, 그렇게 힘겨운 세월 속에서도 당신이 포기하지 않고 내 손 잡아 줘서 고마워요.

보석 같은 우리 아들 딸이 이런 힘든 환경 속에서도 곧고 올바르게 자라 아들은 대기업에 수석으로 입사했잖아요. 엄마인 내가 도와준 것이 없어 염치없고 가슴 아파 울먹이며 축하한다 하였더니, 장한 우리 아들은 오히려 "엄마! 축하드립니다. 오늘의 이 영광을 엄마에게 드려요! 이렇게 어려운 역경 속에서도 우리 가정을 잘 지켜 주신 엄마, 사랑하고 존경합니다" 하고 크게 외쳤잖아요. 온 세상이 다 들릴 만큼 큰 소리로.

학원이며 과외 한 번 받아 보지 못한 우리 아들 불평 한 번 하지 않고 밤을 새며 아르바이트하고, 뜬눈으로 공부하여 대학 4년 내내 장학금을 탔지요. 그때는 기쁨보다는 미안함과 아픔으로 찢어지는 우리 가슴을 서로의 눈빛으로 전달했었지요.

여보, 병원에서만 살던 엄마 아빠를 이해하지 못했던 가여운 우리 딸, 지금은 누가 보아도 어여쁘게 자라 간호사라는 직업을 가지고 성실하게 살고 있잖아요.

진흙 속에서 진주가 생성되듯 기나긴 인고의 시간 앞에 잘 견뎌 준 소중한 당신, 내 어찌 당신을 사랑하지 않을 수 있을까요. 당신은 내게 해 준 것이 없다며 항상 미안해했지만, 내 생명보다 귀한 우리 아들과 딸을 내게 안겨 주었잖아요. 월급봉투 대신 언제나 약 봉투가 더 컸지만, 당신이 지금은 지팡이에 의지한 채 걸어 다니고, 나를 혼자 사는 여자로 만들지 않았잖아요.

오랜 세월 당신의 용변을 받아오긴 했어도 지금은 얼마나 감사한지 몰라요.

지금은 당신이 아닌 다른 사람을 간병할 수 있도록 허락된 여건에 눈물나도록 감사드립니다. 당신이 홀로 용변 해결을 할 수 있게 되었으니 말이에요.

이 사람 활동보조라는 직업으로 다른 이를 보살피며 용변을 받게 되었지만, 그것 또한 얼마나 감사한지 몰라요.

수없이 많은 바람이 우리 가정을 흔들고 지나갔지만, 굳건하게 서로의 손을 놓지 않고 끝까지 잘 버티어 뿌리는 그 자리에 더욱더 깊게 내려졌지요. 무성한 나뭇가지 사이로 새들이 지저귀며 아름다운 둥지 틀어 새 생명 잉태하니 이 얼마나 특별한 가정인가요.

이 모든 것이 당신이 끝까지 잘 버텨 주어서 가능했습니다. 어떤 바람도 이제 두렵지 않습니다. 바람을 견디는 법을 잘 알게 된 더 튼 튼한 나무 같은 사람이 되어 가고 있으니까요.

여보, 존경과 사랑의 마음을 담아 이 편지를 썼습니다.

사랑해요, 여보.

2016년 5월 2일 바람이 불던 날
부족한 당신의 반쪽 아내가 드립니다

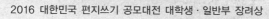
우주 최강 미남 우리 아빠께

김 소 윤

경기도 양평군

딸바보 아빠, 우리 집 첫째 공주 행복이에요.

이 편지는 아빠의 입사 20주년을 기념하면서 감사의 마음을 전하기 위해 제가 준비한 깜짝 선물이랍니다.

벌써 20주년이라니 시간이 참 빠르네요. 아니 어쩌면 아빠한테 20년은 더딘 시간이었을까요? 아빠도 가끔 쉬고 싶으셨을 텐데, 회사다니면서 많이 힘드셨지요.

며칠 전, 앨범 정리를 하다가 우연히 아빠 대학 졸업사진을 봤어요. 지금 제 나이와 비슷했을 아빠 모습을 보니 너무 반가운 거 있죠? 아빠의 청춘을 들여다보는 느낌은 참 묘했어요. 이때 어떤 꿈을 설계하며 젊은 날을 보내셨을까? 그런 생각들이 스쳐갔어요.

사진은 바랬지만 앳된 얼굴로 환하게 웃으시는 모습, 그 미소는 싱그럽게 빛나고 있었어요. 아빠 보시기에 지금 저도 그렇게 반짝반짝

빛이 나고 있나요?

　그렇게 한참 앨범을 보고 있자니 옛날 생각이 났어요. 제가 아홉 살 때쯤인가, 아빠가 가을 냄새를 맡게 해 주신다며 식탁 위에서 마른 나뭇잎에 불을 붙였다가 유리가 깨져 엄마한테 혼났던 일, 아빠도 기억나시죠? 그때 아빠도 많이 당황하신 것 같았는데 별 일 아니라며 다급히 유리를 치우시던 모습이 얼마나 우스꽝스럽던지 밤새 까르르 웃음을 터뜨렸던 기억이 나요. 그날을 떠올리면 아직도 그때의 낙엽 냄새가 코 끝에 남아 있는 것 같아 혼자 피식 웃어요. 참 행복했어요. 금전적으로 여유롭지는 않아도 우리에겐 낭만이 살아 숨쉬고 있었으니까요.

　차가 없던 시절엔 아빠는 자전거 뒤에 텐트를 싣고, 저는 간식거리가 가득 담긴 가방을 등에 메고, 엄마는 동생을 업고 낑낑거리며 도착한 한강 야영장에서 강바람을 친구 삼아 잠들 때까지 노래를 불렀던 날이 생각나요. 우리에게 자연이 주는 선물을 스스로 느끼게 하고 마음을 자유롭게 해 주셨던 것들이 이제는 아름다운 추억으로 자리하고 있어요.

　어디 그뿐인가요. 아빠와 함께한 시간여행을 되돌리면 저절로 행복해져요. 처음 차를 장만했을 때 온열 기능을 보고 감탄하며 손뼉치던 모습, 아빠가 처음으로 회사에서 보너스 받으신 날 세상에서 제일 큰 곰인형을 고르라며 명동, 홍대, 신촌 거리를 누비며 "더 큰 건 없어요?" 물어보며 아빠가 더 신나서 같이 사러 다니던 기억.

　밤에 가족끼리 거실에 옹기종기 누워 먹고 싶은 것 차례로 노트에

써 내려갔던 기억들…. 신기하게도 앨범 사진 속 우리는 모두 웃는 얼굴이에요. 아마 행복했던 그 순간들의 기운을 놓치지 않으려고, 소중히 남기려고 더욱 활~짝 웃고 찍었나 봐요.

지금은 시간이 흘러 엄마 아빠가 열심히 노력하신 덕에 공기도 좋고 작은 텃밭이 있는 우리만의 보금자리가 생겼지만, 저도 동생도 제법 커서 예전처럼 함께하는 시간이 많지 않은 데다 아빠의 잦은 야근으로 얼굴도 못 뵙고 잠드는 날이 더 많네요.

그러다 보니 어느새 그저 그런 평범한 가족이 되어 버렸어요. 아빠가 술 한 잔 얼큰하게 하고 오신 날은 제 방에 오셔서 "큰딸, 피아노 좀 쳐주라. 난 네 피아노 소리가 세상에서 제일 좋더라. 연주를 들을 때마다 정말 행복해!" 하시는데, 전 그때마다 귀찮아서 이 밤에 무슨 피아노냐며 오히려 화를 내곤 했죠. 피아노 연주해 드리는 게 뭐 그렇게 어려운 일이라고….

그저 술 취해 그러시는 거라고 생각하면서 이젠 아빠도 나이 들어가는 분, 또 그저 열심히 돈 벌어 오시는 다른 아빠들과 크게 다를 게 없다고 생각했어요. 어렸을 땐 그런 모습이 멋져서 닮고 싶었는데, 머리가 컸다고 이젠 아빠의 낭만을 귀찮고 유치하다며 우습게 여긴 거죠.

그러던 어느 날 아빠의 SNS를 구경하다가 봄나물을 캐는 엄마 모습, 폭설 때문에 걸어서 학교 가는 동생과 저의 뒷모습, 김치에 막걸리 한 잔 하시는 아빠 모습이 담긴 사진들, 그리고 그 사람들과의 추억을 한 글자 한 글자 정성스럽게 써 내려가신 글을 읽으면서 제가 부끄러워졌어요.

우리 아빠는 변함없이 멋지고 반짝반짝 빛나는 분인데, 변한 건 아빠를 바라보는 제 눈이었어요. 저는 '김홍주'라는 사람 자체로 바라보기보다는 '아빠'라는 역할로만 바라보았다는 걸 느끼며 20대 중반이 되어서야 아빠도 감정이 있고, 꿈이 있고, 여행도 즐길 줄 아는 '사람'이라는 걸 깨달아 가고 있어요.

제가 그동안 아빠의 그늘 아래서 사랑받고 보살핌을 받아 무럭무럭 자라왔다면, 이젠 그늘에서 벗어나 아빠와 함께 걸어가고 싶어요. 아빠가 바라보시는 곳을 저도 함께 바라보고, 갈림길을 마주하게 되었을 때 어느 길로 갈 것인지 같이 의논도 하고, 열심히 걸어가다 쉬었다 가자 하시면 옆에 앉아 이마에 송골송골 맺힌 땀방울도 닦아 드리면서요. 예전처럼 아빠와 나, 그리고 낭만이 함께하던 행복한 여행을 다시 시작하고 싶어요.

이번 주말에 저와 같이 자전거 타러 가실래요? 제가 앞서갈 때면 아빠가 제 등 뒤에서 든든하게 지켜 주시고, 또 아빠가 앞서 달릴 때면 제가 뒤에서 응원해 드리고, 운동이 끝나면 도토리묵에 막걸리 한 잔? 캬~~

아빠, 입사 20주년을 핑계 삼아 죄송하고 또 감사하다는 말 꼭 전해 드리고 싶었어요. 저는 개근상 한 번 받아보지 못했으면서, 20년간 지각 한 번 없으셨던 모습은 당연하다는 듯이 생각했거든요. 아빠의 성실함으로 만들어 낸 그 대단한 기록을 말이에요.

이젠 알아요. 그게 다 가족을 사랑하는 마음이 만들어 낸 아빠의 힘이라는 걸. 자랑스러운 우리 아빠가 걸어온 길을 존경해요. 그리고 삶의 멋과 여유를 가르쳐 주신 것이 무엇보다 감사하고, 제 인생이 풍부해졌다는 것을 말씀드리고 싶어요.

저는 정말로 아빠 딸로 태어나서 세상에서 제일 행복해요. 다음 생에도 아빠 딸로 태어나고 싶으니 더 오래! 건강히! 함께! 저랑 지내셔야 해요.

항상 절 믿고 응원해 주셔서 감사드리고, 24년간 아빠가 제게 만들어 주신 큰 날개로 훨훨 날아가는 모습, 금방 보여 드릴게요!

아빠, 존경하고 사랑합니다.

2016년 5월 15일
큰딸 소윤 올림

TO. 우주 최강 미남 우리 아빠.

딸 바보 아빠! 안녕하세요? 우리 집 첫째 공주 행복이에요.
이 편지는 아빠의 입사 20주년을 기념하면서 감사의 마음을
전하기 위해 준비한 깜짝 선물이랍니다 :)

20주년.. 벌써 20주년이라니 시간이 참 빠르네요. 그죠?
아니지.. 아빠한테 20년은 더딘 시간이었을까요?
며칠 전, 앨범정리를 하다가 우연히 아빠 대학 졸업 사진을 봤어요.
지금 제 나이랑 비슷했을 생각을 하니 반가웠거죠? 사진은 바랬지만, 앳된 얼굴로
환하게 웃으시는 모습, 그 미소는 싱그럽게 빛이 나고 있었어요. 아빠가 보시기에 지금 저도
반짝반짝 빛이 나나요? :)

한참을 그렇게 앨범을 보고 있자니 옛날 생각이 났어요. 제가 9살때 쯤인가.. 아빠가 가을
냄새를 맡게 해주신다며 식탁 위에서 마른 나뭇잎에 불을 붙이겠다가 유리가 깨져서 엄마한테
혼났던 일, 아빠도 기억하시죠? 그 때 아빠도 많이 당황하신 것 같았는데 별 일 아니라며 다급히
유리를 치우시던 모습이 얼마나 우스꽝스럽던지 밤새 까르륵하던 기억이 나요. 그날을 떠올리면
아직도 그 때의 낙엽 냄새가 코 끝을 간지려서 혼자 피식 웃어요. 참 행복했어요. 금전적으로
여유롭지는 않아도 우리에겐 낭만이 넘쳐 흐르고 있었으니까요.

차가 없던 시절엔 아빠는 자전거 뒤에 텐트를 싣고, 저는 간식을 바리바리 챙긴 가방을 둘어
탁! 메고, 엄마는 동생을 업고 깡깡거리며 도착한 한강 야영장에서 강바람을 참 삼아 걸들 때
까지 노래를 불렀던 기억, 처음 차을 장만했을 때 온열기능을 보고 감탄하며 박수치던 기억,
아빠가 처음으로 회사에서 보너스 받으신 날 버방에서 제일 큰 곰인형을 고르라며 명동, 홍대,
신촌 거리를 누비여 '터 큰건 없어?'하면서 곰인형을 사러 다니던 기억, 방에 가족끼리 거실에 옹기종기
누워 먹고 본 것 차례로 노트에 써내려갔던 기억들... 신기하게도 앨범 사진속 우리는 모두 웃는
얼굴이에요. 아마 행복했던 그 순간들의 기운을 놓치지 않으려고, 소중히 남기려고 타닥 찰~칵!
웃고 찍었나봐요.

지금은 시간이 흘러 엄마 아빠가 열심히 노력하신 덕에, 용기도 좋고 작은 텃밭이 있는 우리만의
보금자리가, 넓졌지만, 저도 동생도 제법 큰 탓에 예전처럼 함께 하는 시간이 많지 않은데다가.
아빠의 잦은 야근으로 얼굴도 웃 봤고 잔뜩 일도 비일비재하고... 그러다보니 어느새 자연스럽게 그저 그런
평범한 가족이 되어버렸네요. 아빠가 술 한 잔, 얼큰~하게 하고 오신 날엔 제 방에 들어서
'큰 딸~ 피아노 쫌 쳐주라. 난 큰 딸 피아노 소리가 세상에서 제일 좋더라. 연주를 들을 때마다
정말 행복해!'라고 하시는데 전 그때마다 귀찮아서 이 밤에 무슨 피아노냐며 오히려 화을
내곤 했죠. 피아노 연주 해드리는게 뭐 그렇게 어려운 일이라고...

내 마음속 우편함, 나의 형에게

유 영 찬
서울시 마포구

"형이 오늘 약속이 있어 나가는데 방향이 그쪽이라 기차 타는 역까지 같이 갈까?"

형, 기억나지. 내가 자대 배치 후 첫 특박 나왔다가 귀대할 때 약속도 없으면서 슬쩍 용산역에 내려 열차 안까지 따라와 배웅하고 돌아서며 손 흔들어 주던 날 말이야. 그때 얼마나 울컥했는지, 기차를 타고 가는 내내 창밖만 바라보며 멍하니 있었던 일이 벌써 일 년이 되었어.

형, 형은 참 바보 같아. 그렇게도 철두철미한 완벽주의자 형이 왜 자신의 몸은 제대로 살피지 않았는지 나로서는 불가사의하거든.

그러니까 내가 군 입대를 앞둔 어느 날이었지. 형은 가슴이 늘 뻐근하고 피곤하다며 동네 병원에서 진찰을 받은 후 더 큰 병원에 가보라는 말을 듣고 걱정은 되었지만 설마 했지. 그런데 대학병원에서 정밀 검진을 받은 결과 심장 판막에 이상이 있다는 사실을 알고 가족 모두 충격에 휩싸였잖아. 형은 그렇게 힘든 신체적 이상에도 불구하고 2년의 군 생활을 무사히 마쳤던 것이지. 뒤늦게 안 사실이지만 형이 안고 있는 심장 이상은 군 면제까지 받을 수 있는 사안이었음에도 형은 담담하고 냉정했지. 형 입장에서 보면 충분히 억울해하고 안타까워할 만도 한데 오히려 그렇게 힘든 군 생활을 통해 많은 것을 배우고 깨달았다고 얘기했잖아.

사실 내게 형은 오르지 못할 거대한 나무와 같았어. 그래서일까. 내가 어렵게 뭔가를 말하면 형은 한 번에 맞장구를 치는 법이 없었어. 언제나 조목조목 근거를 들어가며 내 의견을 반박했지. 늘 그럴듯한 이유를 들어가며 형이라는 이유로 강요하며 주입시키고 있다고 생각했지.

언제부터인가 '우리 형은 내가 말하면 무조건 반대를 위한 반대를 하는 못된 형'이라는 선입견을 갖게 되었어. 형 앞에서 한없이 작아지는 나를 보면서 진지하게 말하기보다는 늘 삐딱하게 말하고 싶었지. 나의 단점을 송곳으로 찌르듯이 정확하게 지적하고 개선점을 말해 주는 형이 정말 미웠어. 숨이 막힐 것 같아 이성을 잃고 밥 먹는 자리에서까지 소리를 지르며 형에게 대들던 일도 많았잖아.

참, 웃기지. 그것이 나를 끔찍이 위하는 형 마음임을 알게 된 지금, 형에 대한 과민 반응은 나의 자격지심이자 쓸데없는 오기였음을 알고 형 생각할 때마다 얼굴이 빨개지는 걸.

형, 고백 하나 할까? 형이 학교를 휴학하고 군 입대를 결정했을 때,

나는 속으로 쾌재를 불렀어. 부끄럽게도 2년간 형과 부딪칠 일이 없다는 사실 하나에 크게 안도하고 기뻐했지.

군에 입대해서 기본 군사 훈련을 무사히 마치고 2박3일 간 특박을 나와 부모님 앞에서 너무 힘들었다고 울먹이며 눈물을 쏟는 모습은 평소 형의 태도와 전혀 달라서 깜짝 놀랐지. 겁은 많았지만 어떤 어려움도 잘 참아내는 형의 입에서 나오는 말이라고 보기 어려웠거든. 심지어 '중간중간 참기 어려울 정도로 힘들어 집으로 돌아오고 싶었다'고 울먹일 때는 나도 얼굴이 화끈거렸어. 그러면서도 열등감에 젖어 있던 나는 '남들 다 가는 군대 한 번 가면서 티를 내기는' 하면서 왠지 모를 통쾌함이 온몸으로 전해졌지. 지금에야 말인데, 군 입대에 대해 나는 형보다 몇 배나 더 두려운 마음을 가지고 있었거든.

형은 특기 교육 후 좋은 성적을 얻어 원하는 곳에 배치받았지만, 아무에게도 말할 수 없었던 형만의 걱정거리가 있었던 것이지. 일년에 두 번 있는 동하계 유격훈련을 나갈 때마다 '내가 잘 해낼 수 있을까' 하는 생각에 훈련 전날에는 제대로 잠도 잘 이루지 못했다고 했잖아. 형에게 유격훈련은 눈물 날 정도로 무섭고 두려운 일이었을 테니까.

한 번은 산 정상 부근까지 뛰어올라가다 눈앞이 캄캄해 아무것도 보이지 않고 어지러워 그 자리에 쓰러져 버린 일도 있었다면서. 얼마나 두려웠을까. 그렇게 훈련이 힘들었다면 자존심 때문에라도 군에 대해 말하기조차 싫었을 텐데 말이야. 내가 군 입대에 대해 걱정하는 것을 알고 마치 군 홍보대사인 것처럼 긍정적인 면을 깨알같이 말했잖아.

'세상에 이런 바보 같은 일이!' 형은 정말 바보 같았지. 나는 그럴 때마다 소름이 돋았어. 그런 일이 있은 후부터 이상하리만치 형을 보면 마법에 걸린 듯 나의 속마음을 하나씩 털어놓게 되더라니까. 희한하게도 형 앞에서 말을 하고 나면 막혔던 가슴이 뻥 뚫리곤 했지.

형, 그거 알아. 바람보다 빨리 찾아와 한결같이 내 곁을 지켜 주며 이제는 내가 채울 공간을 남겨 놓는 형이 보내는 무수한 말줄임표가 있어. 해독되지 않는 암호를 따라가면 저리도록 아픈 폐부를 뚫고 메아리의 주문으로 하늘 문을 두드리는 소박한 기원을 만나지. 멈출 수 없는 사랑의 영원한 울림, 내 마음속 우편함에는 언제나 형의 심장이 뛰고 있어.

형의 권유로 입대한 공군에서 훈련을 받으며 체력적으로 자신 있었던 나도 많이 힘들었어. 그런데 형은 얼마나 더 힘들었을까. 정상적이지 못한 몸으로 남들과 같이 훈련받으며 얼마나 눈물겨웠을까. 그 공포와 두려움을 어떻게 참고 견뎌냈을까 생각하니 내가 힘든 것은 아무것도 아니었다는 생각이 들어. 어쩌면 내가 기본 군사훈련단에서 훈련 잘 받고 당당하게 군 생활을 할 수 있는 원동력은 바로 형이 보여 준 믿음 때문이었지. 형의 한 마디 한 마디는 진정으로 나를 걱정하고 위하는 마음이었어.

형, 지금 내가 형에게 해 줄 수 있는 것이 아무것도 없어 미안해. 하지만 앞으로는 내가 형의 든든한 버팀목이 되도록 열심히 노력할 거야. 그래서 오늘의 나를 있게 해 준 형에게 나의 정성이 전달되어 형의 건강을 되찾는 계기가 되었으면 하는 간절한 마음이야.

'형이 다시 군대를 가라면 억만금을 준다고 해도 체력 때문에 가기 싫을 텐데, 네가 입대하기 전날 자는 모습을 보니 동생을 위해서라면 기꺼이 갈 수도 있겠구나.'

나는 오늘도 경계 근무를 하면서 군사훈련단에서 훈련받을 때 형이 보낸 손편지를 떠올리면 가슴이 막 뛰는 거 있지. 내 마음속 우편함을 열 때마다 형의 편지가 수두룩하거든. 무수한 설렘으로 형의 편지를 열면 폭포수처럼 쏟아지는 형의 마음이 내 혈관을 스물네 시간 돌고 돌아 바른 생각을 심은 자리마다 새 움을 틔우고 있지. 눈빛이 흔들릴 때마다 시간을 곱씹으며 믿음의 순도를 높이고 제 것으로 만들 때를 기다리라고 형은 끊임없이 주문하지. 제대하고 나면 형 앞에 더 당당해진 나를 꼭 보여 주고 싶어.

형, 그러니까 건강해야 해. 형은 나에게 가장 소중한 존재잖아. 밤하늘의 별이 오늘따라 유난히 반짝이고 있어. 밤새 하품을 입에 물고 어금니를 앙다물며 졸음을 털어낼 때도 언제나 내 곁에서 꼬리를 물고 끝없이 낙하하는 유성.

나는 지금 형을 보고 있어.

2016년 5월 13일
동생 영찬이가

이번 주말에 전와 같이

자전거 타러 가실래요?

제가 앞서갈 때면 아빠가 제 등 뒤에서

든든하게 지켜 주시고,

또 아빠가 앞서 달릴 때면

제가 뒤에서 응원해 드리고,

운동이 끝나면 도토리묵에 막걸리 한 잔?

캬~~

진흙 속에서 진주가 생성되듯

기나긴 인고의 시간 앞에

잘도 견디어 준 소중한 당신,

내 어찌 당신을

사랑하지 않을 수 있을까요.

살다 보면 내 마음대로 쉽게 되는 일은 없어.

어쩌겠냐. 자리 잡을 때까지 내 일 좀 도와주렴.

나도 이제는 일이 힘에 부쳐 힘들었는데 잘 되었구나.

내일부터 곱창 손질은 네가 하렴.

직장에서 그리 쫓기날 수는 없는기라.

우쨌든 이기서 니 발로 걸어나와야 한데이.

남자는 명예가 생명이라.

알것제. 내는 너를 믿는데이.

아부지 방 서랍장에 사진첩 찾거래이.

니 에미한테 말해 두었데이.

빨리 올라가래이. 여기서 어정거릴 꺼 없데이.

중・고등부

최재용 | 안세진 | 김유진 | 고건우

김예랑 | 이승준 | 손어진 | 김준영

오남경 | 임수민 | 이정현

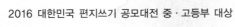
아버지의 젊은 날을 생각합니다

최 재 용

여주 대신고등학교 3학년

아버지, 어릴 적 사진첩을 보다가 당신의 젊은 모습이 담긴 사진 한 장을 보았습니다. 조그만 저를 안고 빙긋이 웃으시는 당신 모습이 참으로 편안해 보입니다. 요즘 교정에 핀 많은 꽃들을 보면 어릴 적 우리 집 화단이 떠오릅니다.

어쩌면 당신과 제가 함께 지냈던 어릴 적 집에 핀 꽃들과 닮았는지도 모르겠습니다. 오롯이 당신과 나, 둘만의 공간이었던 마당. 그 곳엔 봄만 되면 만개하는 수많은 꽃나무들이 있었죠. 그 꽃들을 배경으로 찍은 사진 속 아버지 모습이 너무나 행복해 보여서 사진을 보는 저도 덩달아 기분이 좋아집니다.

그 사진 속의 저는 정말 당신이 행복밖에 모르는 사람이라고 생각했었겠지요. 저의 작은 손에 배드민턴 라켓을 쥐어 주고 일부러 져주면서 내비치던 눈웃음, 누나들과 다투고 당신에게 안길 때 내 머리를 쓰다듬던 손길, 일을 마치고 집으로 돌아온 후 저를 안아 줄 때의 그 땀내 나던 따뜻한 체온도 어린 저에겐 모두 행복이었습니다.

하지만 사진을 보고 있는 지금 제 마음이 아련해 옵니다. 행복하지만 마음놓고 느낄 사이도 없이 고단하기만 했던 아버지의 지친 일상을 생각하니, 제 앞에서 웃었던 만큼 뒤에선 혼자 짊어진 가장의 무게로 얼마나 힘드셨을까요.

할아버지 할머니께서 이 세상에서의 여정을 마치고 돌아가시던 그날, 화장실에서 몰래 울음을 터뜨리던 당신은 그때도 제 앞에선 의연한 모습을 보이셨지요. 또한 사랑하는 두 딸이 대학을 가고 사회로 나아간 후, 텅 빈 당신의 마음도 제 앞에선 덤덤하게만 보였습니다.

아버지, 가장이라는 이유만으로 눈물을 감추어 왔었다는 것을 이제 깨닫습니다. 가족들에게 흔들리지 않아야 하는 기둥이어야만 했고, 늘 푸른 상록수 같은 존재여야만 했습니다.

아버지만 바라보며 세상모르고 순진하게 웃고 있는 저를 보며 강인한 가장이 되기 위해 스스로 채찍질하면서 이루고 싶었던 꿈도 포기하셨을 겁니다.

누구나 그러하듯 아버지도 젊은 날 마음속에 간직했던 꿈이 있었겠지요. 제가 고3이 되어 장래 목표를 세우고 꿈을 생각하는 시기가 되니, 지나간 아버지의 젊은 날을 안타깝게 바라보게 되었습니다. 그래서일까요, 아버지는 제가 하고 싶어 하는 일을 이루어 나가길 간절히 바라셨지요.

혹시 우리 집 마당에 있던 벚나무 두 그루 기억나시나요? 봄마다 수많은 꽃비를 뿌리곤 했던, 아버지가 많이 사랑하셨던 나무였습니다. 그런데 호기심 많던 제가 톱을 써보고 싶었던지 그 나무를 베어 버렸죠.(미국의 어느 유명한 대통령께서도 그랬었다죠.) 그 나무를 그렇게 아끼셨으면서도 아버지는 그냥 웃어넘기셨죠.

"재용아, 마당이 넓어 보인다. 잘했어"라고 하셨지요. 그때의 한바탕 소동이 지금 아버지와 제 상황이 비슷하지 않나 싶습니다. 저를 위해서라면 당신이 아끼고 사랑하는 것들을 언제나 선뜻 내어 주셨습니다. 그중에 가장 아끼고 사랑하던 벚나무처럼 빛나는 꿈도 있었겠죠. 그러나 벚나무가 제 호기심에 의해 베어져 버렸듯이, 당신의 꿈을 향한 열정도 사랑하는 가족의 생계를 위해 포기하셨겠지요.

아버지, 가정을 위해 그 꿈을 버리고 오늘도 일터로 나가셨을 뒷모습이 지금 저에겐 너무나 작아 보입니다. 일을 마치고 돌아와서 웃어주시는 그 모습은 주름살 몇 개가 늘었다는 것 외에 아무 변화가 없지만, 그 웃음이 지금의 저에겐 오히려 아픔으로 다가옵니다.

힘든 내색 하지 않으시고 또 이 땅에 쉬운 직업은 없다고 말씀하시지만, 아버지의 일이 매우 힘들다는 것을 압니다. 더울 땐 더 덥게 일해야 하고, 추울 땐 더 춥게 일해야만 하는 힘든 일이란 것을요. 땀에 젖은 작업복과 낡아 버린 작업화가 어느새 당신과 너무 닮아 있다는 것을 저는 왜 몰랐을까요.

오늘도 아버지는 일을 하셨겠죠. 성실한 당신과 너무 닮은 그것들을 몸에 걸치고…. 하지만 아버지, 오늘도 쉬지 않고 하셨을 그 고된 일들이 모이고 모여서 지금의 제가 있을 수 있었습니다. 힘들 때마다 내쉬던 거친 숨과 흘린 땀, 때때로 당신의 뺨을 타고 흘렀을 눈물을 딛고 지금의 저를 키워 내셨습니다. 그래서인지 이제 당신의 마음을 조금씩 이해할 수 있을 것만 같습니다. 그리고 존경스러운 마음도 점점 커져 간다는 것을 말씀드리고 싶습니다.

요즘, 같은 남자로서 젊은 날 희망했던 아버지의 꿈을 듣고 싶다는 생각을 자주 합니다. 지나가 버린 시간이지만 아버지의 소중한 청춘 이야기를 나누고 싶습니다. 언제 시간 내어 듣고 싶어요.

아버지의 힘든 일상에서 아들이 당신의 젊은 날과 같이 무럭무럭 자라는 것을 보는 것이 바로 살아가는 힘이었다는 것을 알 것 같습니다. 자식을 길러내는 일이 자신의 많은 것을 포기하고도 얼마나 행복한 일인지, 제가 당신이 키웠던 벚나무처럼 저만의 꿈을 키워 나가는 것을 지켜보는 것이 얼마나 가슴 벅찬 일이었을지, 그래서 저도 꿈을 향해 용기 있게 도전하려 합니다.

아버지가 못다 이룬 꿈, 누군가의 훌륭한 아버지가 되는 것, 그 희생의 가치가 아름답다는 것을 자식으로서 보여 드리겠습니다.

아버지, 건강하세요. 사랑합니다.

2016년 5월 12일
아들 재용 올림

언니의 언니가 되어 주고 싶어

안 세 진

사천 삼천포중앙여자중학교 3학년

언니, 동생 세진이야. 이렇게 편지를 쓰려니까 좀 오글거리고 어색하네. 그런데 시간이 흐르면 흐를수록 내 마음을 표현할 수 없을 것 같아 언니에게 편지로나마 지금까지 말하지 못했던 이야기들을 한번 전해 보려 해.

내가 일곱 살 때쯤이었나? 곧 학교 들어간다고 기대에 부풀었던 내 모습이 아직도 기억나. 엄마 아빠 손 꼭 잡고 가방을 사고, 문구점에서 필요한 학용품들을 고르고, 유치원 졸업하고 설레면서 자장면 먹던 기억이 아직까지도 눈앞에 아른거리는 것 같아. 그때 나이 차이가 꽤 나던 언니는 나보고 초딩이 뭘 그렇게 설치냐고 타박 줬었잖아. 너무 서러워서 입학식 전날 엄청 울어 그날 퉁퉁 부은 얼굴로 학교 갔었던 거 아직도 생각나. 그래서 친구한테 붕어라 불리었던 것 같아. 그래도 사랑하는 가족들이 나를 위해 축하해 주어서 기분 좋았어.

언니, 생각나? 우리가 절대 잊지 못할 4월 29일. 그때 난 초등학교 3학년이었어. 담임선생님이 날 조용히 교무실로 부르시더니 전화를 받아보라는 거야. 언니였어. 그렇게 서럽게 우는 언니 목소리는 처음이어서 깜짝 놀랐어. 그리고 여행 떠난 부모님 대신 우리 집에 와 계시던 할머니의 울음소리도 들렸어. 내가 왜 우느냐고 물어보려는 순간, 언니가 먼저 말했지. 부모님이 돌아가셨다고. 나는 믿기지 않았어.

그럴 리가 없었어. 분명 결혼 20주년 기념으로 제주도에 계실 부모님이 돌아가셨다니. 그것도 상상조차 하기 싫은 비행기 추락사고로 다시는 볼 수 없다니…. 꿈이라면 얼마나 좋을까. 어린 나이였지만 나도 알 건 다 알았어. 죽음이라는 건 다시는 돌아오지 않는다는 걸. 매일 나를 보며 웃어 주던 엄마 아빠의 얼굴을 다시는 볼 수 없다는 그 현실에 정신줄을 놓을 정도로 서럽게 울었던 것 같아. 언니도 표현을 안 해서 그렇지 많이 슬펐을 텐데 나를 달래느라 힘들었지? 지금 와서 생각해 보면 제일 힘들었던 건 어린 내가 아닌 스물한 살이란 꽃다운 나이에 일찍 가장이 되어 버린 언니였던 것 같아.

그때부터인가 언니는 학창시절 유일한 추억이었던 친구들과 연락을 다 끊고 열심히 공부만 했잖아. 그리고 꿈이었던 영어교사가 되기 위해 이화여대 영어교육학과에 합격했지. 그리고 나와 악착같이 돈을 벌었잖아. 아르바이트란 아르바이트는 다 했지. 낮에는 식당 서빙, 밤에는 편의점 알바, 새벽엔 신문 배달, 우유 배달. 부모님이 돌아가신 후 솔직히 지금까지도 언니가 자는 모습을 거의 본 적이 없는 것 같아. 학교에 다니면서도 언니는 엄마 역할까지 해 주었는데, 누구한테 의지할 곳 없이 언니 스스로 해결하는 일들이 마음 아프기도 했어.

얼마 후 할머니까지 돌아가시고 우리에게 남은 가족이라곤 정말 언니와 나, 둘뿐이었어. 고모들도 다 떠나 버리고, 귀엽게 대해 주시던 삼촌들마저 나몰라라 하는 모습이 갑자기 세상에 버려진 느낌이 들었어.

그런데 어느 순간부터 우리를 찾지 않던 친척들이 서로 데려가려고 했어. 그때 난 아무것도 모르고 기분이 너무 좋아 당장 삼촌이랑 같이 살자고 언니한테 투정을 부렸어. 그런데 언니가 힘들어도 우리 둘이 살아갈 테니 오지 말라고 소리치며 눈물을 보였을 때, 나는 이해할 수 없어서 언니를 많이 원망했었어.

그때 부모님 비행기 사고로 국가에서 받은 보상금, 보험회사에서 받는 보험금 때문에 우릴 데려가려 했다는 것을 나중에 알고 어른들이 무서워졌어. 그때 언니 마음 몰라줘서 정말 미안해. 그동안 혼자 상처받고 얼마나 힘들었을까 생각하니 힘이 되어 주지 못하고 철없이 행동해서 너무 미안했어. 나는 힘들면 기댈 곳이 있었지만 언니는 기댈 곳이 없었고, 모든 일을 혼자 감당해야 했을 생각만 하면 마음이 아팠어.

그 후에도 나를 부모 없는 자식으로 보이지 않게 하려고 언니는 많은 노력을 했잖아. 학교 운동회 때 항상 정성스럽게 도시락을 싸 가지고 오고, 남들 다 가는 수학여행 빠지지 않게 하려고 잠 줄여가며 정말 열심히 일해서 엄마 이상으로 보살펴 주었어.

초등학교 졸업식 때도 남부럽지 않게 꽃다발도 세 개씩이나 사줬잖아. 부모님이나 친척들이 많이 와서 한가득 꽃다발을 안은 친구들을 보며 혹시 내가 허전해할까 봐 마음 써 준 거 알아. 기억 못할 줄 알았지? 나 다 기억하고 있었어.

지금 와서 생각해 보면 동생을 위해 언니의 모든 것을 다 포기하면서까지 날 이렇게 예쁘게 키워 줬는데, 정작 언니한테 가장 기본적인 '고맙다'는 말 한마디 못한 것 같아.

내가 언니한테 받은 사랑, 앞으로 어떻게 갚아나가야 할진 모르겠지만, 언니에게 내 방식으로 보답하기 위해 노력해 볼게. 공부도 남들보다 두세 배는 더 열심히 할 거고, 언니가 날 정말 잘 키웠다는 소리 들을 수 있게 행동할게.

언니는 내게 돌아가신 엄마 아빠보다 더 부모님 같은 존재야. 만일 그때 부모님이 사고로 돌아가시지 않았다면 우린 지금 어떤 모습으로 어떻게 살아가고 있을지 생각해 보곤 해. 소중한 부모님은 늘 마음속에 살아 계시지만 살면서 허전함을 느끼지 않게 해 준 언니 덕분에 지금처럼 철이 들지는 못했을 것 같아.

가끔은 정말 가끔은, 먼저 떠난 부모님께 미안한 말이지만, 엄마 아빠가 보고 싶지 않을 때도 있어. 그만큼 언니가 나를 잘 보살펴 주었다는 것이기도 하니까. 하늘에서 지켜 보실 부모님이 얼마나 대견해하고 고마워하실까.

우리 정말 남부럽지 않게 행복하게 살자. 뒤는 돌아보지 말고 앞만 보고 가자. 세계일주도 해 보고 맛집도 함께 다니고, 아이를 좋아하니까 보육원에 봉사활동도 열심히 하러 다니자. 그래서 먼 훗날 우리가 엄마 아빠 곁으로 갔을 때, 우리 손 꼭 잡고 딸들 잘 살았고 수고했다고 할 것 같아.

앞으로는 떨어지지 말자고, 그렇게 말할 수 있게 이 세상에서 많이 웃고 사랑을 나누자.

언니, 항상 고마웠고 앞으로는 더 많이 표현하고 지낼게. 힘들 때는 내게 기대. 우리 다음 생에 태어나면 또 자매가 되자. 그때는 내가 언니의 언니가 되어 주고 싶어.

사랑해, 언니.

2016년 5월 15일

언니의 하나뿐인 동생 세진이가

언니의 언니가 되어 주고 싶어

언니, 동생 세진이야.

이렇게 편지를 쓰려니까 좀 오글거리고 어색하네.

그런데 시간이 흐르면 흐를수록 내 마음을 표현할 수 없을 것 같아

언니에게 편지로나마 지금까지 말하지 못했던 이야기들을 한번 전해 보려 해.

내가 일곱 살 때쯤이었나? 곧 학교 들어간다고

기대에 부풀었던 내 모습이 아직도 기억나.

엄마 아빠 손 꼭 잡고 가방을 사고,

문구점에서 필요한 학용품들을 고르고, 유치원 졸업하고

설레면서 자장면 먹던 기억이 아직까지도 눈앞에 아른거리는 것 같아.

그때 나이 차이가 꽤 나던 언니는 나보고

초딩이 뭘 그렇게 설치냐고 타박 줬었잖아.

너무 서러워서 입학식 전날 엄청 울어 그날

퉁퉁 부은 얼굴로 학교 갔었던 거 아직도 생각나.

그래서 친구한테 붕어라 불리었던 것 같아.

그래도 사랑하는 가족들이 나를 위해

축하해 주어서 기분 좋았어.

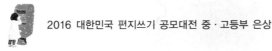

간절한 그리움, 나의 엄마

김 유 진

청주 오창고등학교 3학년

엄마,

이렇게 부르면 마음속에 그리움이 더해지네요. 저는 엄마 곁에서 사랑스러운 딸이 되고 싶은 유진이에요.

이 편지는 엄마에게 진심을 담아 쓰는 첫 번째 편지니까 잘 읽어 주세요. 엄마라는 말이 저에게는 왜 이렇게 낯선지, 가끔은 이상한 단어처럼 느껴져요. 안타깝게도 제 기억 속에 엄마는 이제 거의 남아 있지 않아요. 엄마라고 부른 건 제가 어린 시절이었으니 까마득히 오래전 일이 되었으니까요.

엄마 아빠가 헤어지고 나서 할머니께 맡겨진 저는 보육시설에 가게 되었어요. 그곳에서 제가 할 수 있는 것은 우는 일뿐이었어요. 하지만 시간이 흘러 마음 깊은 곳에 남은 상처는 점점 아물어가고, 제가 삶을 살아가면서 작은 아픔들은 가뿐히 이겨 낼 수 있는 힘을 주었어요.

보육원 원장님과 여러 선생님들의 따스한 사랑과 관심은 제가 적응하는데 큰 도움이 되었지만 엄마의 빈자리를 채워 주지는 못했어요. 저 말고도 챙겨야 할 아이들이 수십 명은 더 있었으니까요.

일 년에 딱 두 번, 설날과 추석에 할머니를 뵈러 가요. 그래서 그런지 명절이 더 기다려져요. 갈 때마다 제가 매번 하는 일은 엄마 아빠와 함께 찍은 어릴 적 사진을 보는 거였어요.

사진들을 볼 때마다 마음 한쪽이 꽉 막힌 것처럼 답답할 때도 있고, 엄마 아빠를 미워한 적도 있어요. 같은 사진을 매번 보면서 항상 울지만 그래도 갈 적마다 또 보게 되더라고요. 집에 가서는 할머니와 헤어지기 싫다며 울면서 온 힘을 다해 고집을 부렸었는데, 지금은 할머니가 속상해하실까 봐 꾹 참아요. 저 씩씩하게 잘 컸죠?

이렇게 울기까지 하며 보낸 시간동안 엄마를 사랑했다고 하면 거짓말이겠죠? 맞아요. 전 엄마를 미워하고 싫어했어요. '난 왜 태어났을까?' 하며 이 세상의 모든 불행은 다 저에게 왔다고 생각했어요. 세상에서 가장 미운 사람이라고 생각하면서 엄마의 불행을 기도한 적도 있어요.

하지만 '몸도 마음도 커 가면서 긍정적인 사람이 되자' 라고 저 스스로에게 다짐했어요. 그 행동이 싫을 뿐 그 사람 자체는 사랑해야 한다고 생각했어요. 다 이유가 있어서 그랬을 거라고 생각하면서 나를 떠난 엄마를 자연스럽게 이해하게 되었어요.

엄마, 하고 싶은 이야기가 또 있어요. 제 꿈 이야기예요. 중학교 3학년 때 '나만의 수필쓰기'라는 수행평가가 있었어요. 무슨 이야기를 쓸까 고민하다가 상담선생님께서 주신 책『멈추지 마, 다시 꿈부터 써 봐』를 읽고 저도 제 꿈 100가지를 써 보기로 했어요. 처음에는 100가지를 다 쓸 수 있을까 고민했는데, 고등학교 3학년인 지금은 하나하나 그 꿈을 이루어 나가고 있어요.

제 꿈 100가지 중에는 동생 만나기와 엄마 아빠와 옛날이야기 하기도 있는데, 언젠가 이룰 수 있겠죠? 중학교 2학년 때부터는 출입국심사관이라는 꿈을 이루기 위해서 열심히 노력하고 있으니까 엄마도 많이 응원해 주세요.

학교에서는 공부도 열심히 하고, 선생님들께 예쁨도 듬뿍 받으며 즐겁게 생활하고 있고, 학생회 부회장도 맡고 있어요. 그리고 이번 해 9월은 아주 중요한 달이에요. 대학입학원서 접수도 해야 하고, 정말 가고 싶었던 국가 간 청소년 교류에 지원했는데 합격해서 인도에 열흘간 우리나라를 알리러 다녀올 계획이에요. 부모님이 제 곁에 안 계셔서 가졌던 상실감도 이제는 더 열심히 도전하고 나 자신을 찾아가는 목표로 바뀌었어요.

엄마, 나중에 만나면 저 대단하다고 칭찬해 주세요.

언젠가 어버이날이 되면 부모님께 카네이션과 편지, 선물을 드리고 속마음 얘기도 하고 싶어요. 엄마가 그렇게도 미웠는데 나에게 가장 소중한 사람은 역시 우리 엄마인가 봐요.

엄마한테 자랑스러운 딸이 되기 위해 제 미래를 위해 노력하고 있어요. 많이 보고 싶으니까 우리 꼭 만나요. 엄마를 사진으로만 만난

지도 10년이 넘었네요. 꼭 이 편지가 엄마에게 도착했으면 좋겠어요. 전 언제나 엄마를 그리워해요.

　사랑하는 우리 엄마, 이 말은 백 번 천 번 해도 부족하지만 사랑해요. 그리고 저를 낳아 주셔서 정말 감사합니다.

2016년 5월
엄마를 그리워하는 딸 유진 올림

할머니 할아버지께 다시 쓰는 편지

고 건 우

부천 중흥고등학교 3학년

계절은 토끼처럼 왔다가 노루 꼬리만큼 보여 주며 지나갑니다.

할머니 할아버지, 늘 가까이 뵙고 지내지는 못하지만 항상 건강하시길 바라며, 오늘은 손자가 두 분께 사죄의 편지를 다시 쓰고자 이렇게 펜을 들었습니다.

할머니, 5년 전 설날을 기억하시는지 모르겠습니다. 그날 할머니는 옷 허리춤에서 정성스레 넣어 둔 편지를 꺼냈습니다. 그리고 온 가족이 모인 자리에서 말씀하셨지요.

"요것이 우리 손자가 내게 보낸 편지여. 월매나 소중하고 고마운지 요렇게 내가 넣어 가지고 다니다가 이제야 꺼낸다. 내가 글을 읽지 못하니께 대신 아범이 좀 읽어 봐라."

순간 저는 깜짝 놀랐습니다. 그리고 당황했습니다. 편지는 제가 보낸 것이 맞지만 편지 내용은 차마 기억하기에도 부끄러운 할머니에 대한 원망과 불평으로 가득했으니까요. 할머니께서 글을 알지 못한 다는 것을 알면서, 제 마음속에 담아 둔 감정들을 글로 꽉 채운 편지 였기 때문입니다. 그동안 저는 잘 알지도 못하면서 할머니가 엄마를 힘들게 하는 분이라고 오해했었으니까요.

어느 날 할머니가 아빠를 생각하며 밤새 정성으로 우려낸 곰국을 갖다 주셨지요. 그 국을 받은 아빠는 할머니께 언제나 미안하고 죄 송하다며 말씀하셨습니다. 제가 볼 때 그때 아빠의 모습은 마치 벌 을 받는 죄인처럼 느껴졌어요.

"당신은 어머니 음식 솜씨 따라오려면 아직 멀었어."

아빠는 매번 엄마의 음식 솜씨를 할머니와 비교하고, 그것으로 인 해 가끔 언쟁이 높아지는 경우가 있었습니다. 사람마다 하는 방법이 다 다른데 어떻게 할머니 음식 솜씨를 따라갈 수 있느냐는 엄마의 투정에, 아빠는 할머니께 직접 가서 배우라고 자존심 상하는 말씀을 하셨습니다. 그때 저는 이 모든 갈등의 원인이 할머니라고 생각했습 니다.

"할머니가 애들 버르장머리없게 만든다니까."

할머니께서 저와 누나에게 두 번 접어서 4분의 1이 된 천원짜리 몇 장을 건네시거나, 할아버지와 함께 만원짜리를 제게 주시면, 무 조건 덥석 받는 저희들에게 아빠는 항상 꾸중을 하셨습니다. 그리고 제가 이기적인 사람이 된다면 그것도 할머니 때문이라고 생각했습니 다. 우리에게 용돈을 주고 싶어 하는 할머니의 마음을 모르고 아빠한 테 혼만 나게 하는 분이라고 생각해서 점점 원망이 쌓여 갔습니다.

"음식 함부로 버리면 못써."

할머니와 할아버지가 텃밭에서 키운 상추가 밥상에 올라오는 날은 채소 꼬투리까지 밥상에 남아 있어서는 안 됩니다.

"바로 따 와서 얼마나 맛있는데, 할머니가 얼마나 정성들여 키우셨는데…" 하고 이어지는 아빠의 잔소리가 숟가락과 함께 올라옵니다. 그래서 저는 또 우리 집의 모든 갈등의 원인이 할머니 할아버지라고 생각했습니다. 할아버지와 제가 장기를 두고 있으면, 할머니는 손자 생고생시킨다고 할아버지를 나무라시고, 장기판을 버리겠다는 협박도 하셨지요.

그리고 꼬박꼬박 부모님이 드리는 용돈으로 할머니 할아버지께서 생활하신다는 것을 알고 있습니다. 우리 반에서 가장 적은 용돈을 받는 저에게 매일 절약하라고 하시는 아빠를 생각하면 가끔 화가 났습니다. 그리고 제 용돈과 비교하면 부모님이 할머니 할아버지께 드리는 용돈 한 달 액수는 아마 제가 몇 년을 모아도 절대 불가능한 금액일 것입니다. 그럼에도 그 용돈으로 할머니 할아버지는 제게 정말 어울리지도 않는 옷을 시장에서 사다 주시기도 했지요. 그렇지만 친구들도, 그 누구도 입지 않는 구시대적인 옷을 사다 주시면 저는 안 입을 수도 없고 곤란한 적이 많았습니다. 그래서 저 나름의 결론을 내렸습니다.

아빠와 엄마가 죄인의 심정으로 항상 미안해하는 원인은 할머니 할아버지께 있고, 아빠 구두가 3년째 같은 것도 할머니 할아버지를 부양하시느라 힘들어서일 수도 있고, 또 제가 버릇없는 행동을 했다면 그것도 할머니 할아버지 때문이라고 생각했습니다. 이런 원망스런 마음을 풀고 싶어 할머니가 읽을 수 없다는 걸 알면서도 버릇없이 편지를 썼던 것입니다.

하지만 나쁜 손자의 마음도 모르고 그저 손자에게 편지까지 받았다고 그렇게 좋아하시는 할머니를 보며, 죄송하기도 하고 괜히 편지를 드렸나 하는 후회가 밀려왔습니다.

그런데 할머니가 그 편지를 소중하게 간직했다가 자랑스럽게 내놓으시다니, 실망하실 할머니 모습이 상상되어 도망가고 싶었습니다. 그리고 속으로 떨렸습니다.

그날 아빠는 제 편지를 받아들고 한참 머뭇거리시다가 소설 한 편을 지어내셨습니다. 뒷부분을 모조리 바꾸었으니, 분명 제 편지 내용이 아닌 한 편의 소설 편지로 변해 버렸습니다.

"할머니가 계셔서 용돈을 받을 수 있어 좋습니다. 이것은 다른 친구들이 경험하지 못하는 것입니다. 할머니가 계셔서 엄마 대신 아빠의 입맛을 맞춰 주시고, 우리 집안이 장수 집안이 되게 하여 주셔서 고맙습니다. 철따라 맛있는 음식을 해 주시고 언제나 싱싱한 채소를 먹을 수 있게 해 주셔서 모두가 건강할 수 있었습니다. 부모님이 부지런히 일해서 할머니 할아버지를 부양하는 기쁨을 갖게 해 주셔서 고맙습니다. 그리고 버르장머리는 없더라도 제가 하는 모든 행동은 옳다고 인정해 주시는 할머니 할아버지가 계셔서 고맙습니다."

아버지는 이렇게 꾸며서 편지를 읽으셨습니다. 도저히 제 생각으로 쓸 수 없는 편지였습니다. 저는 아무 말도 못하고 가만히 듣고만 있었습니다. 너무 부끄럽고 죄송했기 때문입니다.

제 글을 꾸며서 다 읽으신 아버지는 편지가 너무 구겨졌다고 다음에 고운 종이에 그대로 다시 써서 가져오겠노라며 서둘러 편지를 주머니에 넣으셨습니다.

"그래도 손자가 처음 쓴 편진디…."

못내 아쉬워하며 할머니는 편지를 달라고 하셨습니다. 그러나 아빠는 맞춤법도 안 맞아 남들 보기에 창피하다고 하며 주머니에 넣은 편지를 결코 꺼내 놓지 않으셨습니다.

할머니 할아버지, 어느 새 두 분은 구십을 바라보고 계십니다. 당신들이 제게 얼마나 소중한 분들인지 미처 몰랐습니다. 이 세상 어디에서 어떤 일을 해도 언제나 손자의 행동은 옳고 정답이라는 믿음이 확고한 제 편인 것을 알았습니다. 그리고 효자인 아빠 마음도 이해가 되기 시작했습니다.

그래서 저는 이제 편지를 다시 써야 합니다. 아버지가 꾸며 낸 소설 편지가 아닌 제 마음을 담은 편지에 그때 그 어리석은 행동을 용서해 달라고 말입니다. 지식이 아닌 지혜를 가진 할머니와 할아버지를 존경한다는 내용을 담고 싶습니다.

제가 장기판에서 할아버지에게 불리해 보일 때마다 일부러 장기판을 뒤흔들어 놓았던 그 마음도 이제 알 것 같습니다. 손자를 이기게 해 주고 싶었던 할아버지의 깊은 사랑을 너무 늦게 깨달았고, 새벽마다 저를 위해 기도하신다는 걸 알고 있습니다. 거실에는 제 사진이 가장 큼지막하게 자리 잡고 있다는 것도 알고 있습니다. 제가 학교에 입학하거나 졸업식을 치를 때면 언제나 할머니 할아버지는 그 자리에 계셨습니다.

갓김치가 맛있다는 이야기를 한 번 했는데, 지금까지 한 해도 거르지 않고 텃밭에 갓을 키우고 계시지요. 약수터 물로 키우는 정성까지 햇빛과 함께 텃밭을 채우고 있음도 알고 있습니다. 모든 것이 사랑이었는데 저는 원망만 담은 글을 드렸습니다. 다시 한 번 죄송합니다.

텃밭에 상추가 잘 자라는 계절입니다. 할머니 할아버지도 상추의 푸른 기운을 받으셔서 더욱 건강하시기를 바랍니다.

2016년 5월 12일

손자 건우 올림

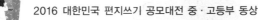

이젠 엄마가 행복했으면 좋겠어요

김 예 랑
영주 영광여자고등학교 2학년

　사랑하는 엄마, 저 딸 예랑이에요. 유난히 춥던 겨울날엔 깨어나지 않을 것 같던 개구리도 하나둘 깨어나고, 어느덧 오지 않을 것 같던 봄이 왔네요.

　작년 이맘땐 모든 게 낯설고 새로웠어요. 집과 멀리 떨어진 지역에서 학교에 다니며 처음 느껴본 독립. 어릴 때부터 외동으로 집에 혼자 있는 시간이 많았지만, 일주일 내내 엄마 품을 떠나 생활한다는 게 처음에는 얼마나 두렵고 외로웠는지 몰라요.

　시간이 흐르면서 적응해 가며 버텨온 게 벌써 일 년이 훌쩍 지났네요. 비록 원하는 만큼 좋은 성과는 거두지 못했지만 그동안 떨어져 생활하면서 엄마의 사랑, 가족의 소중함, 참 많이 깨달았어요. 그리고 엄마에 대해 많은 생각을 했어요. 저도 물론 낯설고 힘들었지만, 집에 홀로 남게 된 엄마의 심정은 어떨까 하면서요. 많이 외로우셨죠?

주말마다 내려갈 때는 엄마한테 잘 해야지 하면서도 마음처럼 잘 안 되어 늘 죄송해요. 잠깐씩 보는 것마저 힘이 아닌 짐이 되고 있진 않은가 하는 생각도 많이 들었어요.

엄마, 저는 사실 좀 막막했어요. 아빠가 일찍 돌아가시고 암 환자인 엄마마저 제 곁을 떠날까 봐. 혼자 기숙사에 누워 있을 땐 그런 생각이 들어서 많이 힘들었어요. 그래서 밤마다 기도실을 자주 찾게 되었구요. 하루하루 항암제와 싸우며, 저를 위해 학원 일을 하며 피곤에 지친 엄마의 쉰 목소리를 들을 땐 얼마나 가슴이 아픈지 몰라요. 정말 방법이 이것뿐이라면 제가 엄마한테 더욱 힘이 되어 드려야 할 텐데 말이에요.

과거에 엄마가 얼마나 힘든 삶을 살아왔는지 알기에, 차라리 엄마의 병을 제가 대신 앓아 줄 수 있다면 엄마를 위해 희생하고 싶다는 생각도 많이 했어요. 하지만 시간이 더 흐르고 다시 떠올린 생각은 참 이기적이라는 것이에요. 언젠가 텔레비전을 보다가 어느 연예인이 그랬죠. 부모가 가장 행복할 때는 자식이 행복해하는 모습을 볼 때라고. 그때 저는 엄마의 병을 나한테 옮긴다고 해서 엄마가 행복해지는 건 아니라는 걸 깨달았어요.

물론 제가 엄마의 육체적 건강은 치유해 드릴 수 없지만 마음의 건강은 치유해 드릴 수 있겠다는 생각이 들었어요. 엄마를 가장 잘 아는 순금이 이모가 그랬거든요. 엄마가 가장 사랑하는 사람은 저이기에 나라는 존재가 엄마를 행복하게, 또는 불행하게 하는 가장 큰 요인이 될 수 있다고 하셨어요. 여태껏 엄마를 진정으로 행복하게 해 드렸던 날이 얼마나 될까 헤아려보니 정말 후회되는 일이 많네요.

어릴 땐 몰랐는데 엄마가 저를 얼마나 사랑하고 계신지 크면서 많이 깨달아요. 겉으론 차갑게 표현하지 않는 사랑은 엄마가 사랑하는 사람일수록 더 그렇게 표현한다는 것을. 그게 엄마가 사랑하는 사람을 지키는 방법이라는 것을 깨닫게 되었어요. 어릴 땐 저를 사랑하지 않는다고 판단해서 서운하기도 하고, 다른 엄마들처럼 왜 다정하게 대해 주지 않을까 원망하기도 했거든요. 그래서 엄마의 표현에 더욱 집착했던 것 같아요. 하지만 이젠 알아요, 내면의 진실을.

엄마, 아빠와 헤어지기 전에도 많이 다투셨잖아요. 그때도 저는 그 이유가 엄마의 요구 때문이라고 생각해 엄마를 많이 원망했어요. 그때가 초등학교 4학년. 어린 나이에 찾아온 가정의 해체는 너무나 충격적이었거든요.

아빠가 돌아가시고 난 후에야 아빠가 엄마를 얼마나 힘들게 했는지에 대한 얘기를 들을 수 있었고, 엄마가 그런 아빠와 10년 이상 살아온 이유는 오로지 저 하나뿐이었다는 사실을 알게 되었죠. 저 때문에 잃은 10년, 제가 몇 배의 행복으로 꼭 갚아 드릴게요.

엄마, 가끔은 아빠가 없고 엄마까지 아픈 이 세상이 너무 막막하고 싫었지만, 제가 살아가는 이유이자 희망은 엄마에게 기회가 있다는 것이에요. 아빠에게는 놓쳐 버린 그 기회. 제가 한 번 더 효도할 수 있고, 한 번 더 바라볼 수 있다는 기회. 아직 철이 없어서인지 그것을 알면서도 익숙함에 속아 또 한 번 소중함을 잊게 돼요. 엄마한테는 하루하루가 얼마나 소중하고 절실한지 알면서도 내일이 되어도, 모레도 오늘과 같을 거라는 착각 속에서요. 엄마가 아픈 티를 내지 않고 항상 씩씩한 모습만 보여서 더 그랬던 것 같아요. 겉으론 그래도 많이 아프고 힘드셨죠? 내색하지 않아 아무도 모를 때, 정말 괜찮은 줄 알고 저도 알아차리고 힘이 되어 드려야 했는데 그러지 못해 죄송해요.

엄마는 제게 항상 최고의 든든한 존재이고, 어디 가서든 우리 엄마라고 떳떳하게 자랑할 수 있는 그런 분인데, 과연 저는 그런 딸이 되고 있는지 모르겠네요.

엄마, 늘 제가 먹고 싶은 거, 입고 싶은 거, 하고 싶은 거 다 해 주시잖아요. 저소득층 가정에 속하지만 저한테는 늘 아낌없이 주셔서 우리 집이 그렇게 가난하다는 생각을 못했어요. 하지만 그 뒤에는 엄마의 희생과 사랑이 있었고, 오로지 그것만이 제 모든 욕구를 충족시킬 수 있다는 것을 깨달았어요.

입지 않는 옷들을 버리려고 두면 꼭 챙겨두었다가 엄마가 입으시고, 저는 비싼 메이커 신발 사 주시면서 시장에서 파는 싼 운동화를 신고, 제가 먹다 남긴 밥과 국은 식어도 아깝다며 꼭 드시던 엄마. 언젠가 저에게 그러셨죠. 초등학생 때 반에서 가장 먼저 스마트폰을 사주신 것은 부유해서가 아니라 절대 기죽지 말라고. 가난해서 친구들은 다 해보는 거 혼자 못해서 기죽는 거 엄마는 보기 싫다 하셨지요. 어릴 적의 엄마도 그랬기에 딸인 저에게는 뭐든지 해 주셨지요. 제가 편하고 조금은 떳떳하게 살아갈 수 있었던 건 그런 엄마 덕분이었습니다.

엄마, 한 가지 바라는 것이 있다면 이젠 저보다 엄마 자신을 더 사랑했으면 좋겠어요. 가끔은 비싸더라도 먹고 싶고 하고 싶은 것도 해보고, '엄마' 로서의 삶이 아닌 '여자' 로서의 삶도 즐겼으면 좋겠어요. 물론 지금은 제가 고등학생이다 보니 지출해야 할 돈도 많아 힘드시겠지만, 곧 졸업하면 좋은 직장 구해서 엄마가 그런 행복한 삶을 즐길 수 있도록 꼭 보답할게요.

엄마, 우리 꼭 행복하게 살아요. 힘들고 어두웠던 만큼. 언젠가 하나님께서 우리를 세워 주실 날이 올 거예요. 반드시 믿어 주셨던 만큼 앞으로도 조금만 더 믿어 주세요. 아직 학업에 있어 바라는 만큼의 성과는 거두지 못해도 요즘 많이 노력하고 있으니까요.

지금까지 저를 밝게 키워 주셔서 감사합니다. 저는 엄마의 딸이라서 행복합니다. 자랑스러운 딸이 될게요.

엄마, 제가 많이 사랑합니다.

2016년 5월 4일

엄마의 힘이 되어 주고 싶은 딸 예랑 올림

이젠 엄마가 행복했으면 좋겠어요

사랑하는 엄마, 저 딸 예람이에요.

유난히 춥던 겨울날엔 깨어나지 않을 것 같던 개구리도 하나둘 깨어나고,

어느덧 오지 않을 것 같던 봄이 왔네요.

작년 이맘땐 모든 게 낯설고 새로웠어요.

집과 멀리 떨어진 지역에서 학교에 다니며 처음 느껴본 독립.

어릴 때부터 외동으로 집에 혼자 있는 시간이 많았지만,

일주일 내내 엄마 품을 떠나 생활한다는 게 처음에는 얼마나 두렵고 외로웠는지 몰라요.

시간이 흐르면서 적응해 가며 버텨온 게 벌써 일 년이 훌쩍 지났네요.

비록 원하는 만큼 좋은 성과는 거두지 못했지만

그동안 떨어져 생활하면서 엄마의 사랑, 가족의 소중함, 참 많이 깨달았어요.

그리고 엄마에 대해 많은 생각을 했어요.

저도 물론 낯설고 힘들었지만, 집에 홀로 남게 된 엄마의 심정은 어떨까 하면서요.

많이 외로우셨죠? 주말마다 내려갈 때는 엄마한테 잘 해야지 하면서도

마음처럼 잘 안 되어 늘 죄송해요. 잠깐씩 보는 것마저

힘이 아닌 짐이 되고 있진 않은가 하는 생각도 많이 들었어요.

김정숙 여사님! 감사합니다

이 승 준

호치민시한국국제학교 3학년

할머니, 잘 지내시는지요?

고3이라는 바쁜 일상 속에서 마음먹은 만큼 전화 한 번 드리기조차 어렵네요. 일 년에 한 번씩 찾아뵙긴 하지만 자주 찾아뵙지 못해서 송구스러운 마음뿐입니다. 할아버지가 돌아가신 지 어느덧 8년. 마지막으로 찾아뵙고 떠나올 때 홀로 계신 할머니 댁의 덩그런 신발 한짝이 기억납니다. 제게는 하염없이 슬픈 추억이랍니다.

사랑하는 우리 할머니, 평생토록 할머니는 '김정숙' 이름 석 자를 잊어버리고 살아오셨습니다. 누군가의 딸, 아내, 엄마, 그리고 이승준의 할머니로만 살아오셨습니다. 그 세월 동안 언제 김정숙 당신의 함자를 가지고 살아오신 적이 있었는지요?

얼마 전 고모의 둘째 아이가 태어나면서 일을 그만두고 쉬신다는 말을 듣고, 이제야 할머니 자신을 위해 살아가실 수 있다는 것이 손자는 정말 기뻤답니다.

할머니는 저에게 마음의 고향입니다. 벌써 저희 가족이 베트남으로 이주한 지 10여 년이 지났네요. 시간이 지나도 고국을 향한 그리움은 점점 커져만 가는 것 같습니다. 지금은 베트남에서 편안하게 살고 있지만 함양 뱀사골 계곡에서 할아버지 할머니 그리고 외할머니 외할아버지 모두 양가가 모여 놀던 기억, 코끼리 보고 싶다고 찡찡거리던 제 손을 잡고 좋아하는 동물원에 갔던 일, 손자가 놀러왔다며 원하는 로봇 장난감을 사 주셨던 기억, 모두 시간은 지났지만 그곳 메밀꽃 향기처럼 항상 뇌리에 아련합니다.

손자가 한국에 들어간다고 하면 재첩국을 먹이려고 며칠 전부터 열 정거장이나 떨어져 있는 자갈치 시장에 가서서 재첩국뿐만 아니라, 베트남에 없는 전복 등 해산물을 사서 요리한 후 한 입이라도 더 먹이려는 모습을 보면, 할머니의 사랑이 고스란히 느껴졌습니다. 만일 할머니가 한국에 계시지 않았더라면 기억 속의 고국이 지금만큼 아름답고 그리웠을까요? 할머니야말로 제가 고국을 그리워하는 이유이며 안식처이시자 마음속의 '고국'입니다.

저는 할머니를 사랑한다고 말하지 못했습니다. 할머니에 대한 저의 사랑과 존경심을, 그 지고지순한 사랑을 어떻게 사람들이 흔히 사용하는 사랑이란 단어로 표현하겠습니까? 어린 시절 추억의 전부였던 할머니는 그냥 할머니가 아니었답니다.

아시나요? 저는 시간이 지날수록 할머니에 대한 존경이 깊어지고 있답니다. 끔찍했던 6·25전쟁, 헐벗고 굶주렸던 한국의 산업화

초기, IMF 등 우리나라의 힘든 시기를 당당하게 이겨 내신 할머니는 정말 대단하십니다. 어렵고 힘든 상황에서 좌절하지 않고, 유난히 손이 많이 가고 힘든 닭갈비집을 평생 운영하셨지요. 그 모습에서 저는 한국 경제 성장의 주인공이 다른 누군가가 아닌 할머니 세대라고 생각하였습니다. 손자들에게 인내와 끈기, 그리고 고난을 극복하는 도전 정신을 할머니의 삶을 통하여 가르쳐 주셨습니다.

제가 은혜를 갚을 수 있는 유일한 일은 공부인 것 같습니다. 열심히 해서 할머니가 자랑스러워할 손자가 될 것입니다. 할머니뿐만 아니라 그동안 저희 후손들이 편히 살 수 있게 만들어 주신 할아버지 할머니들께 보답하고자 꼭 사려 깊은 사회복지사가 되겠습니다.

그리운 할머니, 그동안 가족을 위해 고생해 오신 나날을 어찌 잊을 수 있을까요. 이젠 그 무거운 책임감을 내려놓으십시오. 이 손자가 저희 가족은 물론 할머니처럼 가족을 위해 희생하신 분들을 돌보는 멋진 사람이 되겠습니다.

할머니, 이제는 누구의 어머니, 누구의 할머니가 아닌 '김정숙 여사'로 자부심을 가지고 편하게 사셨으면 좋겠습니다. 제가 효도할 수 있도록 기회를 주시고 오래오래 사세요.

김정숙 여사님, 고맙습니다.

2016년 5월 15일

할머니의 손자 승준 올림

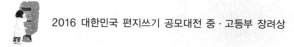

내 동생 한비야

손 어 진

여주 대신고등학교 3학년

　어느새 벚꽃이 떨어지고 나뭇잎이 초록으로 변하여 여름 맞을 준비를 하고 있는데, 아직은 아침 공기가 쌀쌀하네.

　이른 아침에 일어나는 네가 어린 초등학생이라 가끔 안쓰럽고 안타깝구나. 또 등교할 때마다 앞서거니 뒤서거니 걸어가면서도 감기에 걸린 네가 고생할까 봐 항상 걱정이다.

　너한테 편지로 이야기하려니까 유독 말이 많아질 것만 같아. 너도 말이 짧고 나도 생각이 짧아 이야기를 나누게 되면 마지막에는 항상 엉성하게 웃으면서 서로 휴대폰으로 시선을 돌리게 되지. 예쁜 말 해 주고 싶고 재미있는 말도 들려주고 싶었는데 말로는 못할 것 같아 너 보여 주려고 편지지를 책상에 펼쳐 놓으니 너랑 마주 보고 선 것처럼 어색하구나.

　너는 항상 나하고 한 걸음 떨어져 있으면서도 마음은 항상 내 곁에 있었어. 부모님이 뒤에 서 계셨다면 형제는 나란히 서는 것 같아. 동생과 누나지만 나는 네가 내 뒤에 있다고는 생각할 수가 없어. 언제나 마음 한켠에 있는 것이 분명한데 가끔 시야에 닿지 않더라. 가족이란 것이 서로 받쳐주고 함께 가는 관계인지라 내가 지쳤을 때는 차마 뒤를 돌아보고 너를 돌보며 보듬지 못해 더더욱 그런 것 같아.

그나마 엄마와 아빠는 낫다. 너는 말이 없고 바라는 게 없어 보여서 더욱 너를 챙기지 못했어. 이런 말을 할 수 있는 것도 내게 지금 여유가 있기 때문이야. 지금 돌이켜보니 새삼 그것이 미안하다.

한비야, 네가 알고 있을지는 모르겠으나, 펜을 들었고 네가 편지를 받을 테니 마주 보고는 어색해서 말 못하고 쑥스러워 못했던 이야기도 적어 보려 해.

내 동생이라서 그런 것만이 아니라, 나는 네가 자랑스러워. 울적하고 우울한 누나를 보면서 자랐는데 반듯하게 중학교에 입학한 것을 보니 놀랍고 대견해. 너는 내가 그동안 하지 못했던 것을 모두 대신하려는 것처럼 노력하고 있어. 서러워서 울다가도 나처럼 힘들어할까 봐, 네가 나를 닮아 모든 것에 피로를 느낄까 봐 두렵고 불안했어. 뒤늦게 너를 돌아보는 것조차 가끔 떠올리면 너에게 죄스럽고 괴로웠어. 그래서 졸업식 날 나는 목이 메었어.

네가 초등학교 졸업하는 날, 고마워서 울고, 기뻐서 울고, 네가 자랑스러워서 울었어. 어찌 보면 유난스럽기도 하고 너는 부끄러웠을지도 몰라. 그래도 내가 하지 못한 것을 네가 하는 것 같아 벅차고 자랑스러웠어.

엄마를 이해할 것 같다. 나는 이상하게 엄마가 그렇게 하는 것처럼 너를 염려하곤 했어. 다섯 살 터울인 나에게만은 매우 거대하게 느껴진 것 같아.

한비야, 나의 우울과 무기력은 중학교 다닐 적에 점화되어 이제야 폭발한 것 같아. 그런데 너는 무기력하게 보이지도, 우울하게 보이지도 않는다. 모든 것을 열심히 하고, 친구들과 사이도 좋아 보이고, 그래서 마음이 놓이고 고마워. 가끔 네가 말을 걸어주는 것이 꼭 누나를 위로하려고 그러는 것 같아 눈이 뜨거워지고 가슴이 꽉 막히는데도 기분이 좋다. 엄마는 네가 성취감을 아는 것 같다고 하셨어.

넌 나하고는 다른 것 같아. 나는 성취감을 모르고 너는 벌써 그것을 안 것 같으니 말야. 그런데도 너에게서 시선을 뗄 수가 없구나. 너는 잘 할 것 같고 잘 살 것 같은데, 사실은 네가 힘들어하는 것이 아닌지 자꾸 걱정이 되고 눈길이 간다. 내가 예민하고 쓸데없는 걱정이 많은 것일지도 몰라. 하지만 괜히 이러는 것이 아니야.

네가 초등학교 다닐 때하고는 판이하게 달라 보여서야. 너는 어른스러워졌어. 어리광도 없고 네 일도 스스로 잘 하고 막힐 때만 적당하게 도움을 받으려고 하지 않니. 아직 열네 살밖에 안 된 네가 혹시 나 때문에 일찍 철이 들어 버린 건 아닐까 자꾸 겁이 난다. 나와는 다른 모양으로라도 네가 괴로워질까 봐 누나는 많이 두렵다. 엄마에게도 아빠에게도 말하지 못한 내 고통이고 외로움이고 슬픔이야. 누나는 너에게 해 준 것이 없어. 이것은 너도 알고 나도 알아.

우리 부모님은 정말 좋으신 분들이고 너는 훌쩍 성장한 것처럼 보인다. 그래서 네가 보내고 있는 시절을 아무 의미 없이 재미없게 보낸 누나는 그때나 지금이나 똑같이 그냥 말로만 너를 너무나 아끼고 사랑할 뿐이다. 그조차 너에게 전했는지 잘 모르겠다. 누나는 할 줄 아는 것이 글 쓰는 일밖에 없는데, 이런 때는 그것마저도 야속할 만큼 무언가를 표현하기에 턱없이 부족하구나.

우리가 엄마 키의 반 정도밖에 되지 않았던 때, 한강 자갈밭에 내려가 예쁜 돌을 줍고 쌓고 뛰던 때를 기억하는지 모르겠다. 누나는 그때가 참 즐거웠던 것 같아.

너는 지금 행복하니? 누나와 함께 있으면 그때처럼 지금도 행복하고 기분이 좋으니? 누나는 그래. 나는 지금도 그때처럼 네가 말을 걸면 행복하고 고맙다. 사랑스럽다.

사랑하는 한비야, 부디 행복해라. 그럼 나도 행복할 것이고, 부모님이 기뻐하실 일은 마음껏 기뻐하되 힘든 일도 일부러 참지는 마. 가족 모두 네 편이야. 자신을 미워하지 말고 사랑하렴. 그리고 부모님이 너를 사랑하고 하나뿐인 누나가 너를 무엇보다 소중하게 여긴다는 거 잊지 마.

한비야, 고맙고 사랑한다.

2016년 5월 12일
너를 아끼는 누나가

존경하는 아버지께

김 준 영

울산 태화중학교 2학년

아버지,

저는 아버지의 사랑과 기대를 한몸에 받고 있는 아들 준영입니다.

부모님께서 항상 뒤에서 응원해 주고 믿어 주시는 덕분에 어느새 중학교 2학년이 되었습니다. 그동안 쑥스러워서 말로 표현하지 못했는데 이렇게 대한민국 편지쓰기 공모대전을 보고 마음에 담아 둔 감사의 마음을 전할 좋은 기회다 싶어 편지를 씁니다.

아버지는 언제나 성실하셔서 회사와 집, 그리고 할머니께 한결같은 마음으로 몸소 효도가 무엇인지를 보여 주시는 정말 존경스러운 분입니다. 그 모습을 보면서 저도 나중에 아버지처럼 책임감 있고 가정적인 아버지가 되어야지 하고 다짐합니다.

요즘 대기업이 구조조정이다 수주 물량이 없어 휘청한다는 안타까운 소식을 전해 듣습니다. 현대중공업이 위기 단계라 주변 상권이 무너지고, 문을 닫는 상점이나 갑자기 일자리를 잃은 사람들이 떠나는 바람에 빈집이 많아 매물이 쏟아지고, 집값도 많이 하락했다며 걱정하셨죠.

어머니와 미래에 대한 걱정을 하며 한숨을 쉬는 아버지의 뒷모습에 제 마음도 무거워집니다. 천체과학자가 되겠다는 저의 꿈에 대해서도 다시 생각하게 됩니다. 그냥 특성화고등학교에 진학해서 기술을 배워 바로 사회에 진출해 돈을 버는 것이 더 현명한 건지, 또 대학에 간다고 해도 쉽지 않는 천체과학자의 길을 갈 수 있을지 많은 고민을 합니다. 무엇이 정답인지는 모르겠지만 직업이나 사회 현실을 생각하면 망설여집니다.

그럴 때마다 아버지께서는 "너희들은 그런 걱정 하지 말고 공부 열심히 해서 인정받는 평생직장에 들어가거라. 아빠처럼 현장에서 위험한 일 하지 말고. 그게 아빠에게 효도하는 거다"라고 말씀하셨지요. 그 말씀을 들을 때마다 마음이 뭉클해집니다.

아버지, 힘드시겠지만 조금만 기다려 주세요. 지금 아르바이트라도 해서 아버지의 두 어깨에 짊어진 무거운 짐을 덜어 드리고 싶지만 아직은 학생이라 할 수 없는 것이 아쉽네요. 학생으로서 열심히 공부해서 일등도 하고 학교나 친구에게 인정받는 모범생이 되어 좋은 고등학교, 좋은 대학교에 가서 장학금도 받고 아르바이트 해서 스스로 용돈도 벌 계획입니다.

무조건 아버지와 어머니께 의존하는 것이 아니라 제 힘으로 말입니다. 마음대로 될지는 모르지만 도전해 보려고 합니다. 그리고 어떤 위기에도 흔들리지 않는 안정적이고 보수가 많은 직장에 들어가서 꼭 부모님께서 기댈 수 있는 효자 아들 준영이가 되겠습니다.

저는 아버지의 아들로 태어난 것이 정말 행운이고 복이라고 생각합니다. 저를 위해 뒤에서 밀어 주고 앞에서 끌어 주시는 그런 분은 없을 겁니다. 제가 아버지를 닮아 무뚝뚝해서 표현은 못하지만 속마음은 진심으로 고맙고 감사한 마음을 가지고 있다는 거 잘 아시죠. 아버지를 닮아 인물도 훤하고 손재주와 재능도 많고 운동도 잘 한다고 주변 분들께서 칭찬할 때마다 정말 기분이 좋습니다.

시간 날 때마다 아버지와 함께 유행하는 게임이나 학교생활, 친구에 대해 대화를 많이 나누다 보니 그 유명한 중2병은 앞으로도 겪지 않으리라 확신합니다. 지금처럼 어머니와 여동생, 저에게 어떤 힘든 환경 속에서도 흔들리지 않도록 오래오래 든든한 울타리가 되어 주셨으면 좋겠습니다.

아버지, 사랑합니다. 그리고 고맙습니다.

언제나 건강하시고 하루 빨리 제가 아버지께 힘이 될 수 있는 날이 오기를 기대합니다. 가족 모두 아버지를 응원하고 존경한다는 것을 잊지 마시고 힘내세요.

2016년 5월 6일
아버지의 든든한 큰아들 준영 올림

존경하는 아버지께

아버지,

저는 아버지의 사랑과 기대를 한몸에 받고 있는 아들 준영입니다.

부모님께서 항상 뒤에서 응원해 주고 믿어 주시는 덕분에

어느새 중학교 2학년이 되었습니다. 그동안 쑥스러워서 말로 표현하지 못했는데

이렇게 대한민국 편지쓰기 공모대전을 보고 마음에 담아 둔

감사의 마음을 전할 좋은 기회다 싶어 편지를 씁니다.

아버지는 언제나 성실하셔서 회사와 집,

그리고 할머니께 한결같은 마음으로 몸소 효도가 무엇인지를 보여 주시는

정말 존경스러운 분입니다.

그 모습을 보면서 저도 나중에 아버지처럼 책임감 있고

가정적인 아버지가 되어야지 하고 다짐합니다.

요즘 대기업이 구조조정이다 수주 물량이 없어 휘청한다는

안타까운 소식을 전해 듣습니다.

현대중공업이 위기 단계라 주변 상권이 무너지고,

문을 닫는 상점이나 갑자기 일자리를 잃은 사람들이 떠나는 바람에

빈집이 많아 매물이 쏟아지고, 집값도 많이 하락했다며 걱정하셨죠.

당신은 나의 히어로

오 남 경

인천국제고등학교 1학년

"빠라라 라라 라라~ 딩동댕동♪"

'전국노래자랑' 시그널 음악을 들으니 오늘도 텔레비전을 보며 좋아하실 할아버지 모습이 떠올랐어요. 일요일 낮 12시면 텔레비전 앞에 앉아 전국 팔도 내로라하는 사람들의 노래 듣기를 즐겨보시던 할아버지. 저는 할아버지 댁에서 살았던 3년이 지금까지 최고로 행복한 때였던 것 같습니다. 어릴 적에 잠깐 엄마 혼자 할아버지 댁에서 저를 키우던 시절, 당신은 엄마와 저를 품어 주는 둥지가 되어 주셨습니다.

고집 센 제가 엄마 말을 안 듣고 혼날라치면 "우리 예쁜 손녀, 할아버지 등 긁어 주련?" 하고 엄마 회초리로부터 저를 구출해 주시던 나의 슈퍼맨이셨죠. 제 손을 잡고 가게로 데려가 아이스크림 하나 사 주시며, 엄마 말 잘 들으라고 다독여 주시던 당신이 있었기에 이렇게 잘 자랄 수 있었습니다.

저는 가끔 할아버지가 불러 주시던 노래가 떠올라요.

꿈꾸지 않으면 사는 게 아니라고 별 헤는 맘으로 없는 길 가려네

사랑하지 않으면 사는 게 아니라고 설레는 마음으로 낯선 길 가려 하네

아름다운 꿈꾸며 사랑하는 우리 아무도 가지 않는 길 가는 우리들

누구도 꿈꾸지 못한 우리들의 세상 만들어 가네

사람은 희망이 있어야 사람답게 살 수 있다며 제게도 항상 꿈을 가지라고 말씀하셨던 것 기억하세요? 노래 가사처럼 서로 사랑하면서 살아가자고 내 볼을 어루만져 주시던 할아버지의 인자한 웃음도 저에겐 생생한 기억의 한 조각으로 남아 있답니다. 할아버지의 가르침대로 저는 국제고를 꿈꿨고, 이렇게 의젓한 국제고 학생이 되었답니다.

국제고 최종 발표 날, 가장 먼저 떠올랐던 사람이 바로 할아버지였어요. 그런데 그날 할아버지에게 폐암 선고가 내려졌고, 제 기쁨보다 할아버지 소식에 눈이 퉁퉁 붓도록 울었던 기억이 납니다.

항암치료를 받는 와중에도 잘했다며 제 손을 놓지 않던 할아버지. 젊은 사람도 견디기 힘든 항암치료를 받으시면서도 늘 웃어 주시던 당신은 제게 항상 큰 산처럼 느껴졌습니다.

어느덧 봄이 찾아와 할아버지 항암치료도 끝나고 영종도에 있는 저희 집에 오셨을 때는 꿈만 같았습니다. 바닷가를 거닐 때 할아버지가 마스크 사이로 어릴 적 제게 불러 주셨던 '꿈꾸지 않으면'이라는

노래가 흘러나오고 있었습니다.

'꿈꾸지 않으면 사는 게 아니라고…. 설레는 맘으로 낯선 길 가려 한다고….'

할아버지, 우리 그렇게 꿈꾸며 낯선 길 헤쳐가며 살아가요. 지금은 힘들고 앞이 보이지 않지만, 분명 밝게 꿈꾸며 삶을 사랑하다 보면 힘든 고비를 넘길 수 있을 거예요. 오늘 전국노래자랑 보셨나요? 출연하는 사람들을 보며 말씀하셨잖아요. 여기 나온 사람들은 꾸미지 않고 행복해 보여서 좋다고…. 저도 진실하게 살아오신 할아버지의 모든 것들이 좋아요.

할아버지, 힘내셔서 항암치료 잘 받으셨으면 좋겠어요. 아이처럼 긍정적인 생각으로 살아가시는 분이니까 잘 극복하시리라 믿어요. 더 큰 꿈을 펼치는 것도 기쁘게 바라봐 주시고요. 할아버지는 제게 희망과 꿈을 불어 넣어 주시는 든든한 버팀목이셔요. 당신이 있어 행복하고 당신이 있어 제가 설 수 있습니다.

이제부터 제가 할아버지 손을 잡아 드릴게요. 아무 걱정 하지 마시고 암과 싸워 꼭 이기세요. 아름다운 꿈꾸며 사랑하는 우리, 그 노래 가사처럼 할아버지가 완쾌되시는 꿈을 꾸어요. 제가 사랑하는 할아버지는 이겨 낼 수 있으리라 믿어요. 당신은 나의 히어로니까.

할아버지, 사랑합니다. 그리고 존경합니다.

2016년 5월 12일
할아버지의 손녀 남경 올림

언니, 나는 예쁜 보라색 나비야

임 수 민

대전 유성생명과학고등학교 2학년

 작은언니, 안녕. 이렇게 안부 묻기에는 늘 함께 있고 가깝지만 막상 표현하는 게 낯설었어. 그동안 어색해서 제대로 말하지 못했던 맘속 얘기를 이번 기회에 편지로 전해 보려고 해.

 언니로 인해 우리 가족과 내가 많이 달라졌지? 그게 너무 고마워. 고등학교 2학년이 되어서야 '나'를 사랑하는 방법을 배우기 시작했고, 행복이 뭔지 느끼기 시작한 나에게 언니는 없어서는 안 되는 존재야.

 언니가 나를 동생으로서 뿐만 아니라 한 사람으로서 존중하며 진심으로 위로해 주고, 사랑을 나눠 주었기에 지금의 내가 존재한다고 생각해. 집에서 내 생활을 이야기하고, 자랑하고 고민을 나누며, 공부에 재미를 느끼게 된 그 순간부터 무채색 같던 내 마음과 눈빛에 생기가 입혀졌던 것 같아. 꽃 같은 나이라는 말이 이제야 이해가 된다고 할까.

　나도 누군가에게 마음을 나누고 언니처럼 엄마 아빠를 한 사람으로서 진정으로 사랑하고 이해하기 시작했어. 지금은 내 고민만이 아니라 남의 고민을 들어줄 수 있을 정도로 여유가 생긴 것 같아. 그래서 요즘은 주말에 취미생활도 하고 행복한 시간을 보내는 방법을 알게 되었어.

　오랜만에 나를 본 사람들은 얼굴이 환하다, 살이 빠졌다, 예뻐지고 밝아 보인다며 나의 변한 모습을 알아봐 줘. 그런 칭찬의 말을 듣는 것만으로도 너무 좋고 감사하지만, 이 모든 변화가 결국엔 내 마음의 변화 덕분이라고 생각해. 그래서 더욱더 뿌듯하고 자랑하고 싶었어. 칭찬을 들을 때면 '기억해 뒀다가 언니한테, 엄마 아빠한테 이야기해 줘야지' 하고 휴대폰이나 포스트잇에, 또는 손등에 적어 놓기도 해.

　아직은 내가 이렇게 밝아져도 될지, 행복해도 되는 건지 불안하고 걱정이 없는 건 아니야. 언니한테 울면서 말했던 것처럼, 집에서 잘 지내는 내 모습을 말한 이후로 밝아야만 할 것 같고, 예전처럼 슬픈 표정, 말 못할 고민들을 말하면 안 될 것 같은 부담도 느꼈어. 때로는 내 마음을 속여야 할 의무적인 느낌이 들 때도 있었어. 그런데 언니한테 시원하게 말한 후로 '이건 진짜 행복해지고 밝아진 게 아니라 행복한 척, 밝은 척하는 게 아닌가!' 하는 부질없는 의심들이나 생각이 정리되었어.

　누구도 나한테 "넌 행복해야 해!" 하고 강요한 적도 없는데 혼자 밝은 모습만 보여 주고 싶었나 봐. 지금까지 그렇지 못했으니까. 밝고 예쁜 '막내딸'이 아니라 그냥 '나'이면 되는 건데….

그래도 요즘은 이렇게 정리하면 답이 나오는 고민을 하니까 좋아. 옛날에는 그저 나 자신을 갉아먹고 내리누르기만 했던 고민이라고 할 수도 없는 부정적인 생각만 했었는데. 이제라도 내 인생을 멋지게 살고, 즐기면서 차곡차곡 추억이 쌓인다는 게 너무 좋아.

중학교 때 겁이 나서 못했던 방송부를 지금 하고 있고, 여러 가지 활동도 용기 내어 도전하며, 늘 내가 부러워했던 애들처럼 여러 선생님들과 편하게 대화도 나눌 수 있게 되었어. 내 주장과 생각에 자신감도 들고 사소한 것부터 큰 것까지 모든 곳에 제대로 서 있는 느낌이야. 내가 없으면 안 되는 곳이 생기고, 스스로 있고 싶은 곳도 생기고, 이런 거 하나하나에 감사하고 있어.

결국 자존감은 나 자신에서 시작된다는 것을 알아가고 있어. 언니는 언니가 곁에 없어도 내가 행복했으면 좋겠다고 했지만, 나는 아직 거기까지 생각은 못하겠어. 언젠가는 떨어져 각자의 삶을 살아가겠지만 나는 이제야 알록달록해지기 시작한 새로운 삶을 자랑하고 싶어. 아직은 언니가 하루만 집에 없어도 이상한 느낌이 들어.

사실은 언니가 9월 달에 복학하고 자취하게 되면 다시 그때처럼 우울해질까 봐 걱정도 돼. 하지만 염려 마, 언니. 그래서 요즘 학교에서 동아리도 많이 가입하고 함께 지내는 준비를 하고 있어. 다시 생각해 봐도 그때가 마법 같았어. 언니가 나를 배려하며 해 준 모든 말들이 여문 씨앗이 되어 생명력 있는 나로 만들어 주었어.

편지를 쓰다 보니까 생각들이 많이 정돈된다. 언니 덕에 모든 것에 감사하고 겸손해지고, 부정적으로 생각했던 것들이 긍정적으로 받아들여지고 있어. 그때는 왜 그리 불만이 많았었는지. 나를 찾아가는 길이 멀고 힘들었을 때 언니가 잡아 준 마음의 손길이 없었다면 어땠을까.

봄 햇살 한 줄기 한 줄기가 너무 따뜻하고, 꽃 냄새도 향긋하고, 하늘을 달리는 구름 모양까지 너무 재미있고 새로워. 이제는 이런 것들을 보고 즐거워할 정도로 여유가 생겼다는 거겠지.

내 삶에서 어두운 차단막을 벗겨 주고 생각하는 법, 사랑하는 법을 깨우쳐 줘서 고마워. 언니 말대로 정말 변한 것 같아. 고통스러울 만큼 우울하고 죽음까지 생각했던 나날들, 그 외롭고 긴 어둠에서 번데기 기간을 보내고 언니가 비춰 준 희망의 빛을 바라보며 이제 껍질을 벗고 나온 셈이지. 껍질을 벗고 나온 것이 예쁜 보라색 나비였으면 좋겠다. 그래서 언니에게 기쁨이 되어 주고 싶어.

언니, 정말 사랑하고 고마워. 언니가 내 언니라는 게 너무나 큰 축복이야. 집에 오면 언니가 있다는 게 요즘 들어 언니라는 존재 자체가 너무 소중해. 앞으로 서로 의지하며 친구 같은 자매였으면 좋겠다.

언니, 말로 표현할 수 없을 정도로 사랑하다는 거 알지?

2016년 5월 5일
이제 자신의 인생을 살기 시작한
막냇동생 수민이가

아름다운 황혼의 노을빛처럼

이 정 현

남양주 동화고등학교 2학년

할머니, 손자 정현입니다.

지난번 어버이날을 맞이하여 멀리 순천에서 올라오셔서 남양주 고모 댁에 들르셨다 잘 내려가셨는지요? 그때 저희 가족과 고모네 가족 그리고 할머니와 함께 식사하고 잠깐 얼굴 뵙고 고모 댁으로 바로 가셔서 아쉬운 마음을 담아 이렇게 편지글을 올립니다.

할머니와 함께 맞이했던 푸르던 신록이 여전히 아름답게 빛나는 푸르른 오월입니다. 이 좋은 계절이 가정의달이기도 하구요. 저는 가정의달을 맞이하는 행사 중 기회가 되어 할머님께 편지글을 쓰게 되었습니다. 그러고 보니 태어나서 한 번도 할머님께 편지를 써본 적이 없네요. 물론 생신 때 누나와 축하 카드를 쓴 적은 있지만, 진지하게 할머님에 대해 생각하며 글을 쓰니 왠지 모르게 마음이 뭉클해집니다. 항상 변함없는 마음으로 저를 귀여워해 주시고 따스한 사랑을 주셨는데 저는 할머님께 해 드린 것이 없어 죄송스럽습니다.

초등학교 때 저희 집에 가끔 오시면 저와 화투놀이도 하시고, 구수한 사투리로 재미있는 이야기도 해 주시면서 떨어져 사시는 할머님과의 추억도 생기고 정도 쌓였습니다. 명절 때마다 가족과 함께 순천에 내려가면 언제나 맛있는 음식도 해 주시고, 따뜻한 마음 전해 주셔서 순천에 가는 날이면 언제나 마음이 들뜨고 포근했습니다. 아마도 그곳에서 언제나 반겨 주시는 할머님이 계시기에 그런 것 같습니다.

언젠가 제 생일이 다가왔을 때 어느 주지스님께서 덕담이 담긴 글을 보내 주셔서 깜짝 놀랐습니다. 반가운 카드가 저에게 전달된 이유는 할머님이 저를 위해 절에 가셔서 불공을 드리고, 시주도 하고 오신 걸 알고 감격했습니다. 할머님께 해 드린 것도 없는데 저를 위해 기도해 주시니 너무도 감사합니다. 그리고 저의 가치가 할머님으로 인해 더 소중하게 느껴졌습니다. 앞으로 더욱 열심히 공부하고 건강한 손자가 되겠습니다.

제가 할머님을 생각할 때 가장 마음 아픈 부분은 순천에 홀로 계시는 점입니다. 저도 이제 청소년이 되어 어릴 때 생각하지 못했던 것들을 느끼게 되었습니다. 항상 가족이 그리워 괴로워하시는 모습을 보면 제 마음이 아파옵니다. 아빠를 비롯해 고모들 키우시며 오래도록 사시던 정든 집을 도저히 떠날 수 없는 할머니 마음 충분히 이해합니다. 그래서 돌아가신 할아버님이 살아 돌아오시면 얼마나 좋을까 하는 생각을 수없이 했습니다. 고모 댁이나 저희 집에 오셔서 사시면 어떨까 하는 생각도 했지만, 그 또한 사정이 여의치 않은 듯해 안타깝습니다.

아빠나 고모들이 자주 할머님을 찾아뵈어야 하는데, 순천은 너무 멀기도 하고, 다들 바쁘고 도시에 직장이 있어 자주 내려가지 못하니 혼자 얼마나 외로우실지 생각하면 안타깝습니다. 혼자 방에 덩그러니 앉아 텔레비전을 친구 삼아 앉아 계실 할머님 모습을 상상하면 저라도 뛰어가고 싶어집니다.

몇 해 전 건강이 좋지 않으셔서 수술도 여러 번 하실 때 얼마나 힘드셨을까 생각하니 마음이 아파옵니다. 이번에 수척해지신 모습을 뵈니 밝게 화장하신 예전 모습이 자꾸만 떠오릅니다. 그래도 이번에 고모가 사 주신 예쁜 옷을 입고 밝게 웃어 주셔서 참 기뻤습니다.

할머님 마음을 깊이 느낀 적이 있습니다. 그 마음을 잊을 수가 없기에 추억을 되새겨 봅니다. 그날은 모처럼 우리 가족 모두 할머님을 뵈러 순천에 가게 되었지요. 저희가 찾아가니 너무 반가워 기뻐하시던 모습 눈에 선합니다. 그리고 이곳저곳 구경을 하다 유명한 순천만 낙조를 보기 위해 저녁 무렵 아빠 차를 타고 넓고 확 트인 길을 가게 되었지요. 가는 도중 하늘에 구름이 몰려오니, 행여 저희가 그 아름다운 낙조를 보지 못할까 봐 전전긍긍하시며 말씀하셨지요.

"아따 저 구름이 왜 그런다냐. 해를 가리면 안 되는디, 우리 아그들 봐야 하는디."

할머님은 안 보여 줘도 되니 제발 우리를 위해 구름이 사라지기를 바라던 마음이 고스란히 전해졌어요. 그 말씀이 아직도 제 뇌리에 깊이 박혀 있습니다. 자식과 손자들을 향해 황혼빛으로 밝게 물든 할머님의 마음은 어떤 빛보다 더 아름다웠습니다. 비록 그날 순천만의 멋진 낙조를 보지 못했지만 할머님의 마음은 우리 마음에 아름다운 노을빛처럼 깊이 남게 되었습니다. 할머님은 저녁 하늘을 수놓는 노을빛처럼 황혼의 아름다움을 지니신 분입니다.

늘 진지 잘 챙겨 드시고, 복지관 다니시며 친구분들과 즐거운 시간 가지시길 바랄게요. 손자 정현이도 건강하게 열심히 학업에 충실하여 좋은 결과로 할머님 기쁘게 해 드리겠습니다.

할머니, 항상 활기차게 많이 웃으시고 건강하시길 바랍니다. 사랑합니다.

2016년 5월 11일

손자 정현 올림

아름다운 황혼의 노을빛처럼

할머니, 손자 정현입니다.

지난번 어버이날을 맞이하여 멀리 순천에서 올라오셔서

남양주 고모 댁에 들르셨다 잘 내려가셨는지요?

그때 저희 가족과 고모네 가족 그리고 할머니와 함께 식사하고

잠깐 얼굴 뵙고 고모 댁으로 바로 가셔서

아쉬운 마음을 담아 이렇게 편지글을 올립니다.

할머니와 함께 맞이했던 푸르던 신록이

여전히 아름답게 빛나는 푸르른 오월입니다.

이 좋은 계절이 가정의달이기도 하구요.

저는 가정의달을 맞이하는 행사 중

기회가 되어 할머님께 편지글을 쓰게 되었습니다.

그러고 보니 태어나서 한 번도 할머님께 편지를 써 본 적이 없네요.

물론 생신 때 누나와 축하 카드를 쓴 적은 있지만.

진지하게 할머님에 대해 생각하며 글을 쓰니

왠지 모르게 마음이 뭉클해집니다.

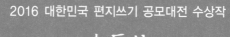

2016 대한민국 편지쓰기 공모대전 수상작

초등부

박호원 | 김태희 | 김새봄 | 정다온

이지호 | 김세이 | 신정원 | 이보민

장보영 | 한민교 | 김용우

엄마의 힘이 되어 드릴게요

박 호 원

남양주 심석초등학교 4학년

엄마, 큰아들 호원이에요.

오늘은 모처럼 엄마와 함께 산책을 다녀왔잖아요. 동생과 같이 민들레를 찾아서 하얀 홀씨도 날려보고, 연못에서 헤엄치는 금붕어도 보면서 즐거웠어요. 저는 오늘처럼 우리 가족이 함께 즐겁게 걷는 게 정말 좋아요. 특히 이렇게 조금도 아픈 곳 없이 걸을 수 있다는 게 너무 기뻐요.

엄마, 저는 아직도 병원에서 수술 받던 생각이 나요. 신장 수술을 받고 얼마나 힘들었던지요. 그때는 걸을 때도, 일어날 때도, 밥 먹을 때도 계속 아팠어요. 병원에서 퇴원하고 집에 돌아와서도 한동안 힘들었고요. 그래서 지금처럼 아프지 않고 마음껏 걷고 뛸 수 있는 게 얼마나 기쁜 일인지 더 느끼게 되었어요.

그런데 힘들었던 것만 기억나는 게 아니라, 엄마가 정성스럽게 저를 보살펴 주신 것도 모두 생각나요. 엄마는 병원에서 잠도 못 주무시고, 먹을 것도 제대로 못 드시면서 저를 돌봐 주셨지요. 제가 조금이라도 불편해하면 재빨리 간호사 누나를 불러와서 조치를 하게 해 주셨고요. 또 저를 휠체어에 태워 병원 앞 공원에서 산책도 시켜 주셨잖아요. 피곤하실 텐데 저를 바깥구경 시켜 주려고 여기저기 휠체어를 끌고 산책을 다니며 이야기해 주시던 엄마 덕분에 기분이 점점 좋아졌어요. 정말 고마워요. 그 정성 덕분에 제가 다시 건강해질 수 있었어요.

그런데 저는 요즘 새로운 걱정이 생겼어요. 그건 엄마의 건강이 좋지 않아서예요. 보름 전에 아빠가 엄마와 병원을 찾아갈 때부터 이상한 생각이 들었어요. 웬만해서는 병원도 안 가고, 약도 잘 안 드시는 분이니까요.

아빠는 엄마가 많이 아프다며 쉬게 해 드려야 한다고 하셨어요. 그리고 엄마가 조금 더 심해지면 수술을 받아야 한다고 하셨죠. 아파서 누워 있는 엄마를 보며 제가 얼마나 슬펐는지 아세요? 저희가 걱정할까 봐 괜찮다고 하셨지만, 안마를 해 드릴 때도 눈물이 날 정도였어요. 그동안 너무 많은 일을 해서 힘드셨다는 생각이 들었어요.

그런데 너무 걱정하지 마세요. 엄마 곁에는 우리 가족이 있잖아요. 지금까지 저를 정성껏 돌봐 주신 것처럼 이제는 제가 엄마에게 힘이 되어 드릴 거예요.

서로를 아끼고 사랑하는 가족의 힘을 이번 기회에 보여 드리고 싶어요. 동생이랑 짓궂게 장난치는 것도 그만 둘 거고요. 내년 어버이날에는 더 특별한 카네이션을 만들어 드리고 싶어요. 엄마의 건강도 회복되고 온 가족이 모여 있을 때, 제 마음을 담은 편지와 함께 전해 드리고 싶어요.

그러니 얼른 다시 건강해져서, 오늘처럼 함께 산책도 하고 저랑 같이 정답게 이야기도 나누어요.

엄마, 고맙고 사랑해요.

2016년 5월 14일

엄마의 기쁨이 되고 싶은 아들 호원 올림

2016 대한민국 편지쓰기 공모대전 초등부 금상

귀여운 내 동생에게

김 태 희

문경 호서남초등학교 4학년

종연아, 며칠 전에 갔던 벚꽃 구경 생각나니? 누나는 너와 함께여서 꽃들이 더 예뻐 보이고 즐거웠단다. 그 꽃 속에서 네가 활짝 웃고 있어서 더 행복했어.

3년 전 네가 희귀난치성질환인 '모야모야병'을 진단받았을 때, 이런 꽃구경은 다시는 못할 줄 알았어. 하지만 네가 두 번의 수술을 잘 견뎌 내고 건강한 모습으로 돌아와 우리에게 이런 멋진 선물을 주다니, 정말 고맙구나.

처음엔 너의 병명을 듣고 누나는 많이 슬프고 무서웠어. 텔레비전에나 나오는 이야기인 줄 알았는데, 내 동생에게 이런 일이 일어난 걸 믿고 싶지 않았어. 네가 어디론가 사라질 것만 같아 학교를 다녀오면 너부터 찾았었지. 그리고 가끔 널 귀찮은 아이라고 생각한 게 미안했어. 지금은 언제까지나 종연이가 우리 곁에 있을 거라는 걸 믿게 되어 누나랑 엄마 아빠 모두 너무 고맙고 행복하단다.

언젠가 친구들이 너의 병을 잘 모르고 장애아라고 놀려서 엄청 운적이 있었잖아. 울면 안 되는 네가 너무 울어 다리에 힘이 빠졌을 때 누나는 너무 속상하고 미안했어. 너에게 아무것도 해 줄 수 없어서 말이야. 그 일이 있은 후부터 너는 손으로 머리를 가리고 거울을 보며 모자를 쓰고 다니는 일이 많아졌지. 평소 웃음으로 우리 가족을 행복하게 만들어 주던 네가 풀이 죽어 있으니 힘이 나지 않았어. 귀여운 내 동생이 혼자 힘들어한 시간들을 생각하니 너무 마음 아프고, 누나로서 어떻게 하면 용기를 줄 수 있을지 생각했어.

그래도 이젠 종연이가 친구들 말에 상처 받지 않고 힘을 냈으면 좋겠어. 넌 친구들과 똑같이 뭐든 할 수 있는 아이잖아. 앞으론 힘내서 활짝 웃는 모습을 더 많이 보여 주겠다고 누나에게 꼭 약속해 줘. 친구들이 뭐라고 해도 사랑하는 가족이 있다는 걸 꼭 기억해 줬으면 좋겠어. 우리 가족에게 너는 가장 소중한 존재야.

종연아, 누난 항상 희망을 가질 거야. 네가 꼭 완치될 수 있고 이 병을 잘 이겨 낼 수 있을 거란 걸 믿을 거야. 그래서 지금처럼 우리 가족이 행복한 모습으로 지낼 수 있을 거라고 생각할 거야. 엄마 말씀처럼 아무것도 무서워하지 마. 가족 모두 너를 너무 사랑하니까. 이 세상에서 사랑보다 좋은 보약은 없다고 엄마가 말씀하셨잖아. 우리 가족이 노력하고 더 많이 사랑하면 멋진 선물이 우리 곁에 돌아올 거야.

누나는 엄마가 주신 책 열심히 보면서 공부할게. 종연이가 하지 말아야 할 행동들을 메모하고 기억해서 네 앞에선 하지 않도록 할게. 엄마처럼 다 기억하고 잘할 수는 없겠지만 최대한 노력을 기울여 나가려고 해. 그러니까 너도 약 먹기 싫다고 투정부리지 말고 울지 않았으면 좋겠어. 그렇게 해 줄 거지?

누나가 가장 행복할 때가 언제인지 말해 줄까? 우리 종연이가 약도 잘 먹고 "우리 누나 사랑해!" 하며 꼭 안아 줄 때란다. 네가 안아 줄 때마다 누나는 네가 새로운 힘을 얻고 하루빨리 완치되리란 희망을 가지고 있다는 것을 느낄 수 있기 때문이란다.

종연아, 앞으로도 우리 많이 사랑하고 매일 웃으며 지내자. 그러면 우리 가족 모두의 희망사항이 조금 더 빨리 조금 더 밝게 찾아올 것 같아.

종연아, 고맙고 사랑해.

2016년 5월 15일

내 동생 종연이를 생각하며 누나가

나의 푸른 신호등, 외할머니께

김 새 봄

서울신명초등학교 5학년

외할머니, 봄꽃이 떨어진 자리에는 작은 연둣빛 이파리가 싱그러움을 더해 주는 오월이에요.

'외할머니!' 하고 조용히 불러보며 이 편지를 썼어요.

자꾸 불러도 싫지 않은 내가 가장 사랑하는 우리 할머니. 어릴 때부터 이렇게 예쁘게 키워 주신 할머니의 사랑과 희생, 이 글 몇 자로 고마움을 모두 표현할 수는 없지만, 제가 할머니 많이 사랑하고 있다는 거 아세요?

일본에서 살다가 아빠의 사고로 엄마는 아빠 간호하느라 저를 키울 수 없어 일곱 살 때 처음 서울에 왔지요. 할머니와 단둘이 살면서 제가 참 많이 힘들게 해 드린 것 같아요. 모든 것이 두렵고 새롭기만 했고, 두려움과 설레는 마음으로 초등학교에 입학했지만 학교생활을 시작하면서 점점 어려워졌어요. 제 발음도 이상하고, 친구들과도 낯설어 점점 학교 가는 것이 두려움으로 변하기 시작했어요. 친구들은 거의 다 술술 책을 잘 읽는데, 저는 글을 읽지 못해 당황스럽고 슬펐어요.

매일 학교 가기 싫다고, 또 엄마 아빠 보고 싶다고 울며 할머니께 떼를 써 많이 힘들게 해 드렸죠? 그때 할머니께서는 한글카드로 온 집안을 도배하다시피 붙여 놓았죠. 혹시나 학교에서 놀림받을까 봐 노심초사하며 엄마 아빠의 빈자리를 느끼지 않도록 해 주셨죠. 말과 글을 읽혀야 빨리 학교생활에 적응할 거라는 할머니의 사랑이 너무 감사해서 열심히 배웠어요. 혹시나 상처 받을까 걱정하시며 저를 위해 그 어느 엄마들보다 더 정성을 쏟으셨던 할머니의 보살핌이 있었기에, 지금은 매 학년마다 회장을 하며 당당하게 대한민국 어린이로 클 수 있었다는 거 잘 알아요.

할머니, 늘 저에게 당부해 주신 말이 떠올라요. 매사에 부모님 곁에 없다고 기죽지 말고 당당하고 씩씩해야 한다며 격려해 주셨는데, 잘 알면서도 또 할머니 힘들게 해 드려서 정말 죄송해요.

해마다 어버이날 부모님께 편지를 쓰고 카네이션을 만들 때면 저는 할머니를 먼저 생각하며 편지를 쓰고 카네이션을 만들었어요.

"야! 너는 할머니가 엄마냐, 너네 엄마 없다며? 새엄마라도 있는 게 낫겠다."

짓궂은 남자애들이 내게 던지는 말을 들을 때면 저는 이렇게 대답했어요.

"내가 새엄마가 있다면 너네 엄마는 헌 엄마냐?"

나름대로 통쾌한 한방을 날렸지만 집에 돌아와서는 씩씩거리며 속상해했어요. 그럴 때마다 할머니는 이렇게 말씀하시며 저를 안아 주셨죠.

"봄이 니가 바보가. 니가 와 엄마가 없노? 그놈아들 바보라 그런 기라. 그래서 울었나? 참 바보데이."

그리고 또 언제나 저에게 희망과 용기를 주셨어요.

"지금은 니캉 엄마 아빠가 떨어져 살지만, 다 서로 잘 되기 위해서 그런 기라. 그라이카네 바보멘치로 울고 그카지 마라. 그라몬 할매도 가심 아프고, 너그 엄마 아빠도 가슴 아픈기라. 그라이카네, 씩씩해야 한데이. 그래야 니 냉중에 멋진 의사 되는 기라."

할머니의 경상도 사투리가 이렇게 시원하고 따뜻하다는 걸 그때 느꼈어요. 꿈을 향해 퍼즐을 한 조각 한 조각 맞추어 나갈 수 있도록 용기와 응원을 해 주신 덕분에 자신 있고 당당한 손녀가 되었어요.

제게 부모님의 뿌리 같은 사랑을 내려 주신 할머니, 조건 없는 사랑을 듬뿍 받으며 이렇게 단단한 소나무처럼 자랄 수 있게 길러 주신 엄마 같은 할머니! 존경하고 사랑합니다.

할머니는 저에게 푸른 신호등 같은 분입니다. 자신감과 꿈을 가질 수 있도록 모든 일에 최선을 다하여 바른 길로 인도해 주시는 푸른 신호등 말이에요. 일본에서 건너와 학교 다닐 때 힘들어하던 저에게 한글카드를 벽에 도배해 놓고 글을 가르쳐 주시던 할머니의 마음이 제게는 첫 신호등이었어요. 할머니가 안 계셨으면 저는 신호등 없는 횡단보도를 혼자 건너야 하는 무서운 날들이었을 거라 생각해요.

마음속 언제나 푸른 신호등 같은 외할머니, 앞으로 쭉쭉 나아갈 수 있는 힘을 주시고, 저에게 영원히 꺼지지 않는 푸른 신호등이 되어 주세요.

외할머니, 제 꿈이 하얀 가운을 입고 사랑을 베푸는 의사라는 거 아시죠? 열심히 즐겁게 노력해서 그 꿈을 이룰 거예요. 내리사랑이란 말처럼 할머니와 같이 사랑과 봉사로 세상을 밝게 만드는 의사가 되고 싶어요.

외할머니, 늘 저에게 기죽지 말고 매사에 씩씩해야 한다고, 넘치는 사랑을 주셨기에 지금도 가끔 친구들이 엄마 없는 아이라고 말할 때도 조금도 슬프지 않습니다. 오로지 저만을 위해 살아오신 할머니의 따뜻한 사랑을 먹고 자란 손녀, 이제는 울보가 아닌 당당한 새봄이를 지켜봐 주세요. 할머니처럼 마음 따뜻한 사랑을 베풀 줄 아는 모습 꼭 보여 드릴게요.

외할머니, 할머니께 소곤소곤 편지를 쓰는데 창가 나뭇잎 사이로 후~ 두~ 둑 고운 빛깔의 새가 날아가네요. 마치 저에게 높이 날아가는 저 새처럼 꿈을 키우며 훨훨 날개를 펴라고 할머니께서 말씀하시는 것처럼요.

외할머니, 사랑합니다. 예쁘게 키워 주셔서 고맙습니다.

언제나 건강하신 모습으로 제 곁에서 오래오래 계셔 주세요.

2016년 5월 8일

외할머니를 사랑하는 새봄 올림

제4호 　　　상 　장

새봄 돌보기상

　　　　　　　성명: 외 할머니

위 어른은 평소 새봄이를 돌보는
것을 성실히 하엿으며 비가오나 눈이오나
한결같이 노력 하엿기에 이를
칭찬하고 감사하어
이 상장을 드립니다
　　　　　　　2016년 5월 8일

외할머 손녀

김 새봄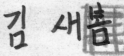

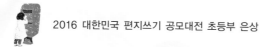

2016 대한민국 편지쓰기 공모대전 초등부 은상

제 하트를 받아 주세요

정 다 온

남양주신촌초등학교 5학년

 저를 기억하지 못하시는 할머니, 제가 드리는 이 편지를 직접 읽으실 수 있다면 얼마나 좋을까요? 누군가가 저의 간절한 마음을 할머니께 전해 주었으면 해요.

 얼마 전 부모님과 함께 텔레비전에서 '기억' 이라는 드라마를 보게되었어요. 할머니께서도 보셨을지 모르겠네요. 저는 그 드라마를 보면서 할머니 생각을 많이 했어요. 갑자기 가족들을 알아보지 못하고 기억이 잘 나지 않는 그 주인공처럼 증조할머니께서도 무척 당황하셨던 적이 많았지요.

 가끔 제주도 외가댁에 갈 때마다 할머니가 계시는 요양병원을 들렀는데 그때마다 할머니 모습이 달라지는 것 같아요. 앨범 속 할머니는 제가 어렸을 때만 해도 증손녀인 저를 안고 활짝 웃고 계시는데, 지금은 딸인 외할머니와 손녀인 우리 엄마조차도 전혀 알아보지

초등부 133

못하시죠.

아마 재작년 무렵일 거예요. 기억나세요? 아빠가 할머니의 길게 자란 발톱을 깎아 드렸더니 할머니께서 그러셨어요. "고맙습니다, 아저씨." 저는 그때 정말 속상했어요. 왜 아빠를 못 알아보실까! 답답한 마음과 함께 길게 자란 두꺼워진 발톱을 정성스레 깎아 주시던 아빠에 대해 일기를 썼어요. 우리 아빠지만 역시 멋지다고 말예요. 그런 우리 아빠를 할머니가 잊어버리셨다니…. 엄마가 가족 얼굴을 기억하라고 사진을 크게 뽑아 코팅까지 해서 갖다 드렸는데, 이제는 사진을 보셔도 기억나지 않으시죠?

알츠하이머라는 이 병은 왜 이렇게 많은 사람들에게 슬픔을 주는 걸까요? 스트레스 때문에 치매에 걸린다고 들은 적은 있지만 어떻게 자식도, 손녀도, 증손녀도 알아보지 못하게 되는 건지 정말 답답해요.

알츠하이머는 정말 나쁜 병이에요. 지난번 과학글짓기대회에서 할머니의 병이 나았으면 좋겠다는 이야기를 했어요. 제 소원은 알츠하이머의 정확한 원인을 찾아내고 고칠 수 있는 치료법을 찾아내는 거예요. 제가 어른이 되기 전까지 과학기술이 발전해서 고칠 수 있는 치료법이 나오면 더 좋고요. 그래야 할머니께서 하루 빨리 가족을 알아보시고 우리가 얼마나 할머니를 사랑하고 있는지 느끼실 수 있잖아요.

엄마는 가끔 할머니가 만들어 주셨던 식혜가 너무 생각나신대요. 빨리 나으셔서 저한테도 그 맛있는 식혜를 만들어 주셨으면 좋겠어요.

그런 날이 빨리 와 제 소원이 이루어졌으면 해요.

이렇게 편지를 쓰다 보니 가슴이 뭉클해지고 증조할머니를 바라보는 외할머니의 마음이 떠올라요. 외할머니께서는 얼마나 속상하실지, 그리고 그런 증조할머니는 얼마나 답답하고 얼마나 기억해 내려고 애를 쓰셨을지 눈물이 나올 것 같아요. 갑자기 엄마가 저를 알아보시지도 못하고 계속 이상한 말만 하고 계신다면…. 정말 상상하고 싶지도 않아요.

그래도 우리 엄마가 저를 알아보지 못해도 지금처럼 사랑할 거예요. 외할머니께서 증조할머니를 많이많이 사랑하시는 것처럼요. 편지가 아니라 직접 이 편지에 담긴 제 마음을 전해 드리고 싶네요. 할머니께서 이 편지를 직접 읽지 못하시겠지만 사랑하는 마음만은 잘 전달되기를 바랄게요.

할머니, 그 나쁜 병 때문에 머리는 아파지셨지만 몸은 아직 건강하시니까 갑자기 아프시지 않으셨으면 좋겠어요. 여름방학 때쯤 뵐 수 있을 때까지 건강하게 계세요. 그때 할머니께서 저를 알아보시지 못해도 꼭 안아 드릴게요.

할머니, 제 진심을 담아서 드리는 '사랑합니다!' 꼭 받아 주세요.

2016년 5월 12일
하트를 받으실 수 있기를 바라는 다온 올림

일흔다섯, 나의 스승

이 지 호

진주 정촌초등학교 5학년

외할아버지, 안녕하세요? 사방에는 여러 가지 꽃들이 활짝 피어 있어 기분이 좋아지는 봄이에요. 할아버지 마음속에도 봄날이 들어 왔겠지요? 어제도 문자 메시지를 했는데 또 뵙고 싶네요.

주말마다 외가에 가면 한글도 가르쳐 주시고, 동화책도 읽어 주시던 모습이 생각나요. 텃밭에서 직접 재배하신 방울토마토랑 가지, 블루베리도 따서 주시고 엄마 아빠가 바쁘면 할아버지께서 저를 돌봐 주셨잖아요.

엄마 아빠가 공부 좀 하라고 야단치실 때마다 초등학교 때는 무조건 놀아야 한다고 말씀해 주시는 할아버지. 공부는 때가 되면 다 한다는 말씀 때문에 다른 아이들보다 공부에 대한 스트레스는 많이 없었어요. 제 생각을 그대로 들어주시고 공감해 주셔서 정말 감사합니다. 이제는 고학년이 되었으니까 책도 많이 읽고 작년보다 수업시간에 더 집중하고 열심히 공부할게요. 할아버지 기대에 어긋나지 않게 열심히 할 테니까 항상 건강하셔야 해요.

저는 할아버지가 언제나 그 모습 그대로 계실 줄 알았어요. 언제부턴가 조금씩 편찮으시더니 심장 스턴트 시술도 하시고, 올해는 스트레스 때문인지 눈에 핏줄이 터져 안과에서 눈 주사도 맞으시고 레이저 치료 받으시느라 힘드셨죠?

요즈음 일주일마다 진주까지 버스를 타고 오셔서 혼자 치료받고 가신다는 이야기를 듣고 얼마나 가슴 아팠는지 몰라요. 제가 감기만 걸려도 진주까지 올라오셔서 맛난 것 많이 사다 주셨는데, 할아버지께서 아프실 때는 자식들이 걱정할까 봐 몰래몰래 다니셨다는 이야기를 듣고 정말로 슬펐어요.

예전처럼 건강해지셔서 직접 운전하시는 모습도 보고 싶어요. 함께 나들이도 같이 가고 싶어요. 제가 빨리 커서 할아버지 모시고 병원에 갈게요. 요즘은 백세시대라고 하잖아요. 제가 결혼도 하고 제 자식이 결혼할 때까지 사실 수 있을 거예요. 제가 받은 사랑을 조금이라도 드릴 수 있도록 건강하게 사셨으면 좋겠어요.

엄마 아빠보다 더 많은 것을 가르쳐 주시는 나의 스승님, 할아버지. 사랑합니다. 그리고 존경합니다.

할아버지의 건강을 기원하며 이만 줄일게요.

2016년 5월 9일
손자 지호 올림

귀여운 다람쥐 같은 동생 찬솔에게

김 세 이

서울은석초등학교 3학년

찬솔아, 안녕?

지금 학교에서 열심히 공부하고 있겠지?

누나가 세 살 때였던 것 같아. 어린이집에 다녀와서 처음 본 너는 엄마 품에 안겨 있는 작은 빨간 토마토 같았어.

누나보다 늘 작은 어린 아이로만 여겨졌던 네가 벌써 여덟 살이 되어 나와 같은 초등학생이 되었다니, 생각할수록 감격스러워.

너와 함께했던 기억들이 새록새록 떠오른다. 물총 가지고 장난하던 일, 캠핑 가서 다슬기와 물고기 잡던 일, 딸기 롤케이크와 딸기 우유를 만들어 먹던 일, 즐거운 기억들이 뭉게구름처럼 몽실몽실 떠오르는구나.

비록 엄마가 해 주신 것보다 맛과 모양은 덜했지만 새하얀 우유와 새빨간 딸기가 섞여 예쁜 분홍빛으로 변했을 때, "우와!" 하며 우리는 감탄했었지. 부푼 기대감으로 한 모금 마시면서 우리는 동시에 어리둥절한 표정을 짓고 함께 웃었잖아. 우리가 기대했던 맛과는 좀 달라서 말이야. 그래도 참 좋았지?

찬솔아,

우리는 가끔 다투기도 하고, 누나가 네게 짜증을 낸 적도 있었지. 누나 방에 노크를 하지 않고 들어온 네게 짜증을 내고, 소리를 질러서 엄마에게 꾸중 듣고 회초리로 몇 대 맞기도 했잖아.

억울하고 속상해서 펑펑 울었는데, 그때 네가 조용히 다가와서 곁에 앉아 있었지. 그런데 나를 달래며 함께 울어 주어서 얼마나 큰 위로가 되었는지 모른단다.

그때 정말 고맙고, 네게 감동했단다. 그때 '내 동생은 참 마음이 따뜻하구나!' 하고 다시 한 번 느꼈어.

세동아,

난 네 태명인 '세이 동생' 세동이 참 좋단다. 엄마는 늘 너를 "세동아!"라고 부르시지. 누나는 태명으로 불리는 네가 부러워서 엄마께 '생기리' 태명으로 불러 달라고 부탁까지 했단다.

엄마는 누나와 세동이가 항상 서로 연결되어 있다는 것을 잊지 말고 사랑하면서 같이 지내기를 바라는 마음으로 그렇게 부르시는 것 같아.

우리가 어른이 되고, 파파 할머니 할아버지가 되어도 나는 네 누나 세이이고, 너는 세이 동생 세동인 거야. 영원히 네가 내 동생이라는 것이 참 좋고 뿌듯해. 더 좋은 누나가 되도록 노력할게.

언제나 포동포동 귀여운 내 동생아,

네가 누나라고 불러 줄 때마다 나는 기분이 좋아. 우리 자라면서 서로에게 힘이 되어 주며 우애 있는 남매로 살자.

우리를 건강하고 행복하게 키워 주시는 엄마와 아빠께 예쁜 딸과 아들이 되자.

벌써 보고 싶은 내 동생아, 이따 집에서 보자.

2016년 5월 13일

세동이를 사랑하는 누나 세이가

포동포동 귀여운 다람쥐 같은 내 동생 찬솔이에게

찬솔아, 안녀? 너는 지금 학교에서 열심히 공부 하고 있겠지? 누나가 3살 때 였던 것 같아. 어린이집에 다녀와서, 처음 보았던 너는 엄마 품에 안겨 있던 작고 빨간 토마토 같았어. "엄마, 빨간 토마토 같아" 라고 했던 것이 기억나는구나! 누나보다 늘 작은 어린 아이로만 여겨졌던 네가 벌써 8살이 되어 누나와 같은 초등학생이 되었다니, 생각 할수록 참 감격 스럽구나! 너와 함께 했던 기억들이 다시 떠오르는구나. 물총을 가지고 물장난을 쳤던 일, 캠핑가서 다슬기와 물고기를 잡았던 일, 함께 딸기 롤케이크와 딸기우유를 만들어 먹었던 일, 등등 즐거웠던 기억들이 뭉게 구름 처럼 뭉실뭉실 떠오르는구나. 비록 엄마가 해 주시던 것보다 맛과 모양은 덜했지만 새 하얀 우유와 새빨간 딸기가 섞여서 예쁜 홍빛으로 변했을 때, "우와!" 하며 우리는 감탄을 했었지. 부푼 기대감으로 한 모금 마시면서, 우리든 동시에 어리둥절한 표정을 짓고 함 께 웃었잖아. 우리가 기대했던 맛과는 좀 달

할머니, 저와 꽃구경 가요

신 정 원
서울염동초등학교 4학년

할머니, 저 손녀 정원이에요.

할머니께서 좋아하시는 진달래가 푸른 산을 분홍색으로 색칠하듯 그림을 그리고 있어요. 이맘때쯤 할머니 고향에 가면 온 산에 예쁘게 피어 있겠죠? 강원도 시골집에서는 할머니 손맛으로 화전을 만들어 주시고, 옛날에 배고플 때는 진달래꽃을 먹었다고 먹어 보라고 하셨죠.

"할머니, 맛없어요, 퉤퉤."

도망치던 일이 생각나요. 그래도 할머니는 시간만 되면 맛있는 간식을 가져다주며 잘 먹어야 건강해진다고 말씀하셨지요.

하지만 작년부터인가요? 할머니 안색이 안 좋으셔서 건강에 문제가 생긴 것 같아 건강검진을 받으시니 만성신부전증이라는 결과가 나와 식이요법을 해야 하고, 더 심해지면 혈액투석을 받으셔야 한다는 이야기를 부모님께 들었어요. 저를 사랑해 주시는 할머니 생각에 눈물이 나왔어요. 할머니 몸속에 혹들이 많아 신장이식은 힘들고, 식이요법으로만 건강관리 하시느라 몸무게가 점점 줄어들어 야위어져 갔지요. 엄마는 가끔 음식을 드시면서 할머니가 좋아하는 음식을 보면 눈물을 흘려요. 정기적으로 검진 받으러 병원 가실 때마다 저는, 할머니가 더 이상 나빠지지 않고 지금처럼만 건강 유지하실 수 있게 도와달라고 기도해요.

할머니, 예전처럼 건강해지셔서 좋아하는 꽃구경도 가고, 산나물도 캐러 가고, 재래시장 구경도 하며 막국수도 먹고 즐거운 시간 보냈으면 해요.

할머니께서 늘 꿈처럼 짓고 싶어 하시던 4층집. 1층은 할머니 할아버지, 2층은 우리 식구, 3층은 큰외삼촌, 4층은 작은외삼촌이 살고, 드라마에 나오는 것처럼 과일나무도 심고 텃밭도 가꾸면서 살고 싶다고 하셨죠? 할머니가 점점 나이 드시면서 모두 함께 살고 싶어 하신다는 걸 알았어요. 제가 고등학교 졸업하면 그렇게 살아요. 할머니 그때까지 운동 많이 하시고, 식이요법 잘 하셔서 정원이 곁에 오래오래 건강하게 계세요.

아, 맞다! 시골에 고사리가 많이 자랐다고 꺾으러 가자고 하셨죠? 이번 주에 고사리도 꺾고 할아버지가 좋아하시는 두릅도 따고요. 산에 예쁜 꽃들이 많이 피어 있으니 즐거운 주말 나들이도 해요. 할머니가 좋아하시는 일을 이제는 저도 할 수 있어요.

할머니가 해 주시는 음식도 잘 먹을 자신이 있고요. 그러니까 빨리 건강 회복하셔서 저와 함께 많은 시간 보내 주세요. 꽃구경도 같이 가서 할머니를 많이 웃겨 드리고 싶어요.

내년 봄에 피는 진달래꽃으로 할머니가 해 주시는 화전을 기대할게요.

할머니, 이만 줄일게요. 사랑해요.

2016년 4월 19일 화요일

할머니께서 빨리 낫길 기도하는 손녀 정원 올림

2016 대한민국 편지쓰기 공모대전 초등부 장려상

아낌없이 주는 사랑

이 보 민

남양주백봉초등학교 3학년

할머니, 손녀 보민이에요. 지난달에 가족들과 식사할 때 뵙고 아직 뵙지 못했어요.

지난번에 제가 편지 보내 드렸는데 답장 주셔서 감사했어요.

할머니, 사실은 제가 모르고 있던 작은아빠 이야기를 들었어요. 할머니께서 작은아빠께 신장이식을 해 주셨다면서요? 연세도 많으신데 아들을 위해 신장을 내어 주셨다는 말을 듣고 깜짝 놀랐어요. 처음에는 신장이 무엇인지, 이식수술이 무엇인지 잘 몰랐어요. 그런데 엄마께서 알려 주셔서 신장이 우리 몸의 노폐물을 걸러내 주는 중요한 장기라는 것을 알게 되었어요.

그 말을 들으면서 할머니께서 오래 못 사실까 봐 걱정되었어요. 결정하기 힘드셨을 텐데, 수술하고 많이 아프셨죠?

저 같으면 도망갔을 거예요. 아무리 자식이지만 내 몸의 일부를 준다는 게 쉬운 일이 아니잖아요. 그 이야기를 듣고 할머니께서 작은아빠를 얼마나 사랑하시는지 알게 되었어요. 세상 모든 엄마들이 자식을 사랑하지만 신장을 쉽게 주진 않을 거예요.

부모가 되면 다 그럴까요? 뉴스에서 보면 아기가 운다고 때리는 엄마들을 보면 이해가 되지 않았어요. 대부분 아낌없이 다 주시는 부모님들이 더 많다고 생각해요. 할머니가 정말 대단해 보였어요.

저는 작은아빠께서 항상 방에 누워 계셔서 왜 피곤하신 건지 잘 몰랐는데, 이야기를 듣고 작은아빠를 이해하게 되었어요. 다행히 수술이 잘 되어서 안심이에요. 엄마께서도 그 이야기를 들려 주시면서 제가 아프면 할머니처럼 신장을 주실 수 있다고 하셨어요.

우리 가족은 정말 서로 사랑하는 따뜻한 가족이에요. 제가 할머니의 손녀이고 엄마의 딸이어서 정말 행복해요. 작은아빠의 몸에 할머니의 신장이 들어가 있으니 더 건강해질 거예요. 할머니의 진짜 사랑을 받았으니까요. 그러니까 이제 걱정하지 마시고 저희들이 기쁨을 드릴 수 있게 건강하셔야 해요.

저는 할머니께서 할아버지와 오래오래 사셨으면 좋겠어요. 다음에 찾아뵐 때는 제가 할머니를 꼭 안아 드리고 싶어요.

할머니, 사랑해요.

2016년 5월 8일 일요일
할머니를 사랑하는 보민 올림

엄마의 따뜻한 감성을 닮아서 좋아요

장 보 영

사천 문선초등학교 6학년

엄마, 큰딸 보영이에요.

새 학기가 시작되고 소풍, 수학여행으로 바쁘게 지내다 보니 어느새 가정의달 5월로 접어들었습니다. 5월에는 어버이날도 있고, 엄마 생신도 있어서 마음속에 담아 두었던 말을 전할까 합니다. 이런 기회를 주는 가정의달을 정하신 분이 누굴까 궁금하기도 하고 참 고맙다는 생각이 들어요.

엄마 손잡고 초등학교 입학하던 날이 아직도 머릿속에 생생한데 벌써 초등학교 마지막인 6학년이 되었어요. 6년 동안 건강하라고 맛있는 밥 챙겨 주시고 학교생활 불편하지 않게 도와주신 덕분에 몸도 마음도 많이 자랐습니다. 제가 곧 중학생이 되고 고등학생이 되겠지요. 그러면 엄마는 지금보다 더 나이도 들고 힘이 없어지겠지만, 저에게만은 언제나 젊고 예쁜 최고의 엄마입니다.

생각해 보면 어버이날과 엄마의 생신날, 형식적으로 가게 가서 선물 하나 달랑 사고 사랑한다는 글 한 줄 짤막하게 적어서 드렸었지요. 그래도 엄마는 매번 "우리 딸 다 컸구나!" 하며 감동의 눈물을 흘리셨지요. 작은 것에도 좋아하시는데 이 편지를 받고 또 얼마나 기뻐하실까 생각하니 편지 쓰는 제 손끝도 신이 나요.

엄마, 우리는 감성지수가 높은 모녀지간 같아요. 그래서 좋기도 하지만 엄마 닮아 저도 눈물이 많은가 봐요. 꾸중을 들으면 눈물이 계속 나와요. 우니까 조금 혼날 것도 더 많이 혼나게 되는 것 알면서도 못난 제 자신이 부끄러워 눈물이 계속 나오는 것 같아요. 칭찬도 잘 해 주시지만 사랑하는 만큼 서운함도 커서 그런가 봐요. 그러고 보니 엄마께 죄송한 게 너무 많네요. 엄마 기분도 몰라주고 고집 부리며, 뭘 사달라고 요구하고 괜히 화만 내고요.

어느 날 엄마한테 꾸중 듣고 울면서 숙제하다 잠이 들었을 때, 엄마가 조용히 들어오셔서 저의 머리와 얼굴을 쓰다듬으며 팔다리 주물러 주시는 거 다 알고 있었는데 모른 척했어요. 다음 날 엄마가 학교 앞에서 기다리시는 것을 보고도 더 많이 기다리라고 일부러 늦게 나왔어요.

엄마께 계속 나쁜 행동을 하고 반항하는데도 엄마는 항상 저를 걱정하지요. 엄마한테 솔직하게 고백할 게 있는데, 너무 야단치지 말아 주세요. 학교 수업시간에 딴 생각 절대 하지 말라고 하셨는데, 저는 가끔 엄마 생각을 합니다.

'엄마는 지금 뭐 하실까! 식사는 하셨을까! 어디 아프지는 않을까!'

'내 마음과 다르게 내뱉은 말 때문에 마음 아파하시지는 않을까!'

이런저런 생각이 떠오르면 집에 돌아가서 무조건 엄마를 기쁘게 해 드리고 싶다는 다짐을 하곤 해요. 그러나 막상 엄마 앞에 가면 편해서 잘 못하지만요.

엄마도 항상 저희들을 생각하고 걱정하시지요. 그러니까 부탁인데 엄마도 집에 계실 때 다른 염려 절대로 하지 마세요. 저는 학교생활 잘하고 있으니까요.

며칠 전 엄마께서 맘먹고 큰 수박을 사오셨을 때, 빨갛고 단 부분을 저희들이 먹기 편하게 정사각형으로 잘라 주셨지요. 수박이 커서 양이 많은데도 엄마는 드시지 않고 자르고 남은 부분을 숟가락으로 박박 긁으셨지요. 그리고 수박 마지막 부분에 수분이 많아 몸에 더 좋다며 엄마만 혼자 먹는다고 하셨는데 우리는 그 마음도 몰라주고 '수박죽'이라며 엄마 혼자 먹지 말라고 동생과 저는 그것까지 다 빼앗아 먹어 버렸습니다.

알면서도 못하는 일들을 철이 들면 엄마 마음을 좀 더 헤아리며 잘할까요? 노력할게요. 좋은 게 있으면 자식들에게 더 주려 하고, 자신은 불편해도 자식들을 먼저 챙기는 게 부모라는데, 저도 훗날 한 아이의 엄마가 되면 그럴까요.

제가 표현이 서툴러 이렇게 편지로나마 고맙고 죄송하다는 말을 할 수 있어 다행입니다. 저는 정말이지 엄마 딸로 태어난 것이 큰 행운인 것 같아요. 엄마는 제가 잘못을 해도, 힘들거나 지칠 때도 항상 두 팔 벌려 크게 안아 주고 사랑해 주시니까요. 다시 태어나도 엄마의 딸로 태어나고 싶어요. 엄마가 싫어해도 어쩔 수 없어요. 히히!

　엄마, 손편지는 참 좋아요. 하고 싶은 말을 몇 번이고 고쳐 적으면서 새삼 의미 있는 시간을 갖게 되었어요. 한 글자 한 글자가 모여 완성되는 말들로 따뜻한 감성이 피어나는 것 같아요. 엄마께 할 말이 있어도 얼굴 보고 하기는 쑥스러웠는데, 편지로 제 마음을 다 털어놓을 수 있어 좋고, 편지 읽어 줄 엄마가 계셔서 더욱 행복합니다.

　엄마는 제게 하늘처럼 넓게 크라고 하셨지요. 거센 바람과 폭풍을 참고 이겨 내라고 하셨지요. 처음에는 엄마 말씀이 이해가 되지 않았는데 지금은 그 의미를 알 것 같습니다. 어떤 힘든 일이 있어도 피하지 말고 이겨 내면 또 다른 나의 힘이 된다는 말씀이죠?

　항상 잘 자라 줘서 고맙다고 하시는데, 엄마의 말씀처럼 잘 자라겠습니다. 제가 힘들 때 격려해 주시고 응원해 주셔서 감사합니다.

　아! 편지를 쓰다 보니 감성지수가 높은 엄마를 닮아 긴 편지를 쓸 수 있다는 것도 기뻐요. 예쁜 꽃, 아름다운 하늘 같이 바라보며 더 행복하게 살아요. 사랑합니다.

2016년 5월 15일

엄마를 사랑하는 딸 보영 올림

엄마의 따뜻한 감성을 닮아서 좋아요

엄마, 큰딸 보영이에요.

새 학기가 시작되고 소풍,

수학여행으로 바쁘게 지내다 보니

어느 새 가정의달 5월로 접어들었습니다.

5월에는 어버이날도 있고, 엄마 생신도 있어서

마음속에 담아 두었던 말을 전할까 합니다.

이런 기회를 주는 가정의달을 정하신 분이 누굴까

궁금하기도 하고 참 고맙다는 생각이 들어요.

엄마 손잡고 초등학교 입학하던 날이

아직도 머릿속에 생생한데

벌써 초등학교 마지막인 6학년이 되었어요.

6년 동안 건강하라고 맛있는 밥 챙겨 주시고

학교생활 불편하지 않게 도와주신 덕분에

몸도 마음도 많이 자랐습니다.

제가 곧 중학생이 되고 고등학생이 되겠지요.

엄마, 힘내서요

한 민 교

남양주 평동초등학교 3학년

엄마, 아들 민교예요.

이 편지를 쓰게 된 이유는 어젯밤에 엄마가 누우셨다가 다시 일어나 일하시는 걸 보고 마음이 아팠기 때문이에요. 우리는 아빠가 안 계셔서 엄마가 아빠 몫까지 채워 주시느라 힘드시죠?

엄마는 여자이기 때문에 남자가 할 일을 하려니 버겁다는 걸 알아요. 그래서 많이 힘들어하시는 걸 많이 봐요. 어제처럼 누우셨다가도 다시 컴퓨터 켜는 모습을 많이 보았어요.

엄마의 컴퓨터 자판 치는 소리는 '나 힘들어요. 나 이제 자유롭게 살고 싶어요'라고 외치는 것 같아요. 저는 그 소리를 들을 때마다 마음이 아파요.

저를 위해서 모든 걸 인내하고 열심히 사시는 모습을 보면 빨리 커서 엄마의 힘든 것들을 도와 드리고 싶어요. 제게 입힐 옷을 사려고

힘드셨지요? 그동안 우리 집 사정이 좋지 않은데도 제가 이사 가자고 졸라서 죄송해요. 억지로 돈을 빌려 이사했다는 걸 알고 마음이 슬펐어요. 아버지 혼자 모든 책임을 지고 있는데 제가 아직 어려 도움이 되지 못한다는 게 마음 아팠어요. 하지만 지금 우리 집이 참 좋아요. 온 가족이 모여서 즐겁게 지내고 무엇보다 아빠가 집에 들어와 편하게 쉬실 수 있어 기분이 좋아요.

아버지가 집에 들어오실 때 현관에서 우리를 부르는 목소리를 들으면 즐거워 보여 저도 좋아요.

아버지, 제가 뭐든 할 수 있도록 도와주시고 칭찬해 주셔서 감사해요. 새벽 일찍 일어나 일하러 나가시니까 잠도 부족할 텐데 친구처럼 제 이야기를 다 들어주고 고민도 해결해 주시니 어떤 비밀도 없어요. 그러니까 아버지도 가끔 힘드시면 제게 산책 가자고 말씀해 주세요. 아버지의 이야기를 들어드리는 아들이 되고 싶어요. 제가 크면 아버지의 무거운 짐을 조금은 덜어드릴 수 있을 거예요.

아버지 몸에서 나는 파스 냄새가 가족을 위해 노력하신 흔적이라는 것을 다 알아요. 그래서 저도 더 열심히 해서 공부도 잘하고 성실한 어른이 되어 효도할게요.

아버지, 꼭 건강하게 오래 사셔야 해요. 아들 김용우는 항상 아버지를 존경하고 사랑합니다.

2016년 5월 8일

친구 같은 아버지께 아들 용우 올림

항상 친구 같은 아버지께

아버지, 아들 용우예요.

항상 새벽 일찍 일어나서 운전하시느라 힘드시죠?

거의 매일 피곤하셔서 눈은 빨갛고 무거운 짐을 들어야 하니

늘 몸에서 파스 냄새가 나지만 전 아버지가 가장 좋아요.

방에서 같이 공놀이하다 장식품을 깨뜨려도, 숙제 안하고 같이

만화영화 볼 때도, 엄마는 싫어하지만

아버지는 저희와 놀아 주셔서 감사해요.

얼마 전 아버지께서 달고나를 만들어 주신다고 국자에 설탕을 녹일 때

불이 너무 세서 새까맣게 다 태우고 설탕은 석탄처럼 되어

하나도 못 먹었던 것 기억나세요?

저는 가끔 그 일이 생각나 웃음이 나와요.

그리고 저희들이 좋아하는 일이라면 뭐든지

관심을 가져주셔서 감사해요.

아버지, 작년에 형편이 어려운데도

새집으로 이사해서 좋았지만 힘드셨지요?

그동안 우리 집 사정이 좋지 않은데도

제가 이사 가자고 졸라서 죄송해요.

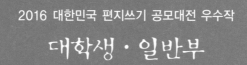

2016 대한민국 편지쓰기 공모대전 우수작

대학생 · 일반부

이정빈 ∣ 유주순 ∣ 조영실 ∣ 오보미

이한영 ∣ 전지원 ∣ 황남영

엄마 아빠의 선물, 똘망이에게

이 정 빈

경기도 안양시

사랑하는 아가야, 이제 40여 일 후면 우리 똘망이를 엄마 아빠 품에 안을 수 있겠구나.

태동도 갈수록 활발해지고 힘도 좋아지는 것을 보니 엄마 뱃속이 조금씩 비좁기 시작했겠지. 초보 엄마라 모든 것이 어색하고 제대로 돌봐주지 못하는데도 아픈 곳 없이 쑥쑥 자라주는 똘망이가 얼마나 고마운지 몰라.

사실 엄마와 아빠는 처음 똘망이의 존재를 알게 되었을 때 기쁘기도 했지만 많이 당황했었어. 생각보다 너무 빨리 찾아온 소중한 생명을 맞이하기엔 미처 준비가 되어 있지 않았었거든. 엄마도 아직은 철없는 딸인지라 늘 보호받는 데 익숙했지, 누군가를 평생 책임지고 잘 키워 낼 자신이 없었어. 하지만 이런 부담감과 두려움도 한 번 두 번 똘망이를 만나면서 이겨 낼 수 있었단다.

초음파를 통해 처음 본 똘망이는 겨우 3mm였지. 동그란 아기집에 점 하나 찍어 놓은 것처럼 보였어. 그런 아이가 마치 살아 있다는 증명이라도 하듯 심장소리도 들려주고 얼굴과 몸의 형체가 생기고 척추뼈를 선명하게 드러내면서 엄마에게 감동과 기쁨을 주더구나.

예쁜 것만 보여 주고 들려주기에도 부족한 열 달인데, 엄마는 바쁘다는 핑계로 태교에는 조금 소홀했던 것도 사실이야. 다른 엄마들은 책도 읽어 주고 아기용품을 직접 만들기도 한다던데, 그런 걸 보면 엄마는 아직도 부족함 투성이야. 그래도 입덧도 거의 없이 지나가고 지금까지 엄마 아프거나 힘들지 않게 하는 것을 보면 우리 똘망이가 정말 복덩이인가 봐.

똘망이에게만 알려 주는 비밀(?)이지만 아주 오래전부터 엄마가 평생에 걸쳐 이루고 싶은 꿈은 '좋은 엄마'가 되는 것이었어. 부모가 되어 한 생명을 낳고 사람답게 길러내는 일이 얼마나 경이롭고 가치 있는 일인 줄 아니? 그랬기에 처음 똘망이를 만났을 때 두려움과 책임감이 컸는지도 모르겠다. 과연 이 아이에게 좋은 엄마가 되어 줄 수 있을지 아직도 조금은 걱정되거든.

엄마가 너를 키우면서 대단히 무언가를 잘해 주고 풍족한 환경을 제공해 주진 못할 거야. 하지만 외할머니가 엄마에게 그러하셨던 것처럼 엄마 역시 똘망이에게 사랑만큼은 듬뿍 줄 자신이 있단다. 진실된 사랑과 지지가 사람을 바른 방향으로 이끄는 힘이라고 엄마는 믿거든. 아이에게 좋은 길을 만들어 주는 건 부모가 좋은 가치관을 가지고 바르게 사는 일이라고 생각해.

똘망이가 출세하고 명성 높은 난사람이 되는 것도 좋지만, 겉모습이 화려하지 않아도 주변 사람들에게 따뜻한 마음을 줄 수 있는 된 사람이 되길 바란단다. 그런 똘망이로 키워 내는 일이 엄마가 생각하는 '좋은 엄마' 이기도 하고. 평생의 꿈을 이뤄 낼 수 있도록 엄마 아빠에게 와 줘서 정말 고맙다.

요즘은 똘망이 만날 준비로 설레면서도 분주한 나날을 보내고 있어. 엄마는 틈틈이 요가를 하고 부끄럽지만 노래도 불러 주고, 아빠 역시 점점 커져 가는 엄마 배를 보면서 똘망이와 더 교감하려고 노력하는 중이야. 아빠가 우리 똘망이를 얼마나 사랑하는지 다정한 목소리 들리지?

똘망이가 태어나면 쓸 아기용품도 하나하나 체크해 가고 있지. 그리고 태명이 아닌 진짜 이름은 무엇으로 지을지, 어디로 같이 놀러 갈지, 언제 처음으로 '엄마' 라고 부를지, 행복한 계획과 여러가지 상상을 하며 하루하루를 보낸단다.

또 먼 미래도 생각해 봐. 똘망이가 나중에 남자 친구를 데려오면 어떤 기분일지, 사춘기는 어떻게 지나갈지, 어느새 훌쩍 커버려 엄마 아빠 품을 떠난다고 하면 어떨지, 괜시리 앞선 걱정도 해 보게 되네. 이 모든 것들이 엄마의 마음속을 설렘으로 수놓고 있어.

엄마는 벌써부터 똘망이와 하고 싶은 일이 참 많아. 커플티 맞춰 입고 피크닉도 가고, 운동회 땐 같이 달리기도 하고 싶다. 마트 구경도 함께 다니고, 예쁜 사진도 많이 남길 수 있겠지? 우리 주변에서 다들 부러워하는 모녀 콤비가 되어 보자.

어른들이 말씀하시길 자식들은 눈 깜짝하면 다 큰다던데, 똘망이는 엄마를 위해서 조금 천천히 자라주어도 괜찮단다. 아빠와 엄마는 우리 똘망이를 위해 고운 마음결로 준비하며 네가 세상에 태어나는 날, 가장 큰 감사를 드릴 거야. 그리고 축복된 그 순간에 부모가 되는 기쁨을 누릴 거야.

아직 태어나진 않았지만 지금의 똘망이가 있기까지 참 많은 분들의 도움이 있었어. 할머니 할아버지를 비롯해서 삼촌, 고모, 주변 이모들까지 한마음으로 똘망이를 기다리며 물심양면으로 도와주셨어. 참 감사한 일이지. 우리가 많은 분들의 도움을 잊지 말고 건강하게 자라면서 꼭 보답하도록 하자.

편지를 쓰는 지금 이 순간에도 우리 아가는 열심히 움직이고 있네. 똘망이가 이 편지를 보려면 아주아주 오랜 시간이 지나야겠지. 엄마의 바람이지만 나중에 똘망이가 결혼을 하거나 예쁜 아이를 가졌을 때 이 편지를 전해 주고 싶다. 그전까진 손이 근질근질하겠지만 타임캡슐처럼 꽁꽁 숨겨 두어야겠지?

다음 주면 또 병원에서 똘망이를 만날 수 있어. 더 많이 자라 있을 똘망이 모습을 기대할게. 이제 막 첫발을 내딛은 네 인생을 힘차게 응원한다.

엄마는 그 무엇과 비교할 수 없을 만큼 널 사랑해.

2016년 5월의 어느 햇살 좋은 날
엄마가

♡ 엄마 아빠의 선물 뚱망이에게 ♡

사랑하는 아가야. 이제 40 여일 후면 우리 뚱망이를 엄마 아빠 품에 안을 수 있겠구나. 태동도
갈수록 활발해지고 힘도 좋아지는 것을 보니 이제 엄마 뱃속이 조금씩 비좁기 시작하겠다. 초보
엄마라 모든 것이 어색하고 제대로 돌보지 못하는데도 아픈 곳 없이 쑥쑥 자라주는 뚱망이가
얼마나 고마운지 몰라.

사실 엄마와 아빠는 처음 뚱망이의 존재를 알게 되었을 때 기쁘기도 했지만 많이 당황했었어.
생각보다 너무 빨리 찾아온 소중한 생명을 맞이하기엔 아직 아무런 준비가 되어있지 않았거든.
엄마도 아직은 철없는 딸인지라 늘 보호 받는 데 익숙 했지 누군가를 평생 책임지고 잘
키워낼 자신이 없었어. 하지만 이런 부담감과 두려움도 한 번 두 번 뚱망이를 만나
면서 이겨낼 수 있었단다. 초음파를 통해 처음 본 뚱망이는 겨우 3mm 였지.

동그란 아기집에 점 하나 찍어놓은 것처럼 보였었어. 그런 아이가 마치 살아있다고 증명이
라도 하듯이 심장 소리를 들려주고 얼굴과 몸의 형체가 생기고 척추뼈를 선명하게 드러내
면서 엄마에게 감동과 기쁨을 주더라. 예쁠 것만 보여주고 들려주기에도 부족한 열 달
인데 엄마는 바쁘다는 핑계로 태교에는 조금 소홀했던 것도 사실이야. 다른 엄마들은
책도 읽어주고 아기 용품을 직접 만들기도 한다던데 그런 걸 보면 엄마는 아직도 부족함 투성이다.
그래도 입덧도 거의 없이 지나가고 지금까지 엄마 아프거나 힘들지 않게 하는 것을 보면 우리 뚱망이가
정말 복덩이 인가봐.

아들의 빛나는 청춘을 응원하며

유 주 순

전북 김제시

따뜻한 봄바람과 함께 연둣빛 새싹들이 움트던 봄날이 지나 어느새 6월로 접어들었구나. 계절은 시원한 초록빛을 선물하고 여기저기 다양한 지방 축제들 소식이 들려온다. 아들이 곁에 있다면 가까운 수변공원이라도 산책할 텐데 하는 아쉬움도 들지만, 군에 있는 너를 생각하면 무슨 상상인가 싶다.

나라의 부름 받아 열심히 군복무하고 있을 우리 아들, 잘 지내지?

요즘 들어 네 생각을 하면 미안한 생각이 들면서 보고 싶은 마음도 간절해지는구나. 넉넉지 못한 가정에 장애가 있는 부모 밑에서 큰아들 노릇하느라 마음고생 많았지. 네가 하고 싶은 것 마음대로 펼쳐 보지도 못하고 속 깊게 참아 준 너를 생각하면 고마움과 미안함이 동시에 밀려드는구나. 청각장애로 소통이 어려운 아빠를 항상 곁에서 지켜 주며 다정한 말벗이 되어 주었지.

소아마비로 한쪽 다리를 못 쓰는 나를 위해서 어려서부터 심부름을 도맡아하며 엄마의 발이 되어 부지런히 뛰어다니던 너를 떠올리면 또 미안해진다. 그리고 부모 대신 동생까지 잘 보살펴 주고 늘 사이좋은 형제 모습으로 엄마를 안심시켰지.

집에 차가 없으니 가족여행 한번 못 가봤어도 싫은 내색 안하고 항상 밝았던 우리 아들이었잖아. 하지만 네 숨은 노력 뒤로 혼자 감당했을 무게들을 생각하면 마음이 아팠어.

사춘기가 되어도 부모의 장애를 부끄럽게 생각하지 않고 친구들에게도 당당하게 소개해 주던 착하고 멋진 너였지. 그리고 내 곁에서 걷기 불편하지 않도록 팔짱 끼어 줄 때, 이제 엄마가 올려다볼 만큼 훌쩍 키도 자라고 마음의 키까지 의젓하게 자란 아들이 누구보다 자랑스러웠어.

자라면서 용돈 한번 넉넉하게 챙겨 주지 못했는데 아빠 엄마 생일이며 결혼기념일까지 꼬박꼬박 챙기며 우리 가족을 행복바구니에 함께 담아 기쁨을 선물했어.

아들아, 무엇보다 부모의 장애를 곁에서 겪으며 더 어려운 사람들과 이웃을 사랑하는 네 모습이 엄마는 더 고마웠어. 네가 말을 하지 않아도 그 깊은 속을 왜 모르겠니. 어렵고 힘들다 보니 너의 길을 제대로 응원해 주지 못하고 도움을 주지 못해 미안했단다.

너를 군에 보내 놓고 한 번도 면회를 가지 못했지. 그래도 불평 없이 전화로 매번 밝은 목소리만 들려주는 아들, 있는 그대로의 부모를 사랑해 주니 그 덕분에 마음이 건강해지는 것 같아.

동생까지 먼 곳으로 대학을 가면서 가끔 쓸쓸하지만 너를 닮은 동생이 어디 가겠니. 여전히 네 몫까지 우리에게 자상하게 신경을 써 주고 있단다. 몸은 조금 불편해도 귀한 보물 같은 두 아들을 보내 주신 하나님께 감사하단다.

군에서도 잘 적응하며 나라를 지키는 네가 자랑스럽다. 어려움을 잘 이겨 낸 아들이니 엄마는 너를 믿어. 군에서 조금씩 나오는 월급조차 적금을 붓고 있다니 놀랍다.

입대 전에도 가정형편을 생각하여 전문대를 택했다는 거 알아. 네 꿈에 가까이 가는 데 도움이 되어 주지 못했으니 이리저리 혼자 고민도 많았겠지. 그 마음을 다독여 주지도 못하고 그저 바라보며 네가 가는 길을 믿었어.

그리고 아르바이트도 쉬지 않았지. 나중에 사회에 나가면 좋은 경험이 될 거라며 스스로 용돈까지 충당했지. 힘든 내색이나 얼굴 한 번 찌푸리지 않았지만 힘들었을 시간을 생각하면 지금도 눈물이 흐른다.

주위에서 두 아들 잘 키웠다며 부러워하는 말을 들을 때마다 엄마는 고맙고 미안하다. 군복무와 학업에 충실한 두 아들을 생각하면 저절로 마음이 부자가 된다.

엄마 아빠도 불편하지만 멋진 아들 생각하며 건강하고 밝게 지낼 테니 집 걱정은 조금도 하지 마. 엄마의 긍정 마인드 알지?

주위사람들이 엄마의 장애를 의식하지 않을 만큼 밝게 지내고 있으니 휴가 때 기분 좋게 만나자.

형편은 넉넉하지 않아도 몸이 조금 불편해도 어떠니. 만나면 언제나 웃음꽃이 먼저 피는 작은 우리 집이 엄마는 참 좋단다.

　　이제 너의 빛나는 청춘을 응원하며, 두 아들이 행복한 가정을 이루는 날까지 더 감사하며 기쁘게 나날을 채워 갈 거야.

　　군복이 너무나 잘 어울리는 아들을 떠올리며 엄마의 마음편지 여기서 줄일게.

　　우리 큰아들, 많이 고맙고 사랑한다.

2016년 5월 10일

자랑스러운 아들에게 엄마가

사랑하는 아들에게

따뜻한 봄바람과 봄꽃향기가 사람들의 마음을 설레게 하는 봄날씨
가 계속되고 있구나 전국 방방곡곡 마다 축제들이 펼쳐지고 있기도 하고
사랑하는 아들이 엄마곁에 있으면 가까운 수변공원이라도 거닐텐데
하는 아쉬움이 드는구나

가족 단위로 봄나들이 가는것 보면 우리 아들이 더욱 그립기만 하다
부모곁을 떠나 나라의 부름받아 군복무 하고 있는 아들이 보고 싶기만 하다
넉넉치 못한 가정에서 장애가 있는 부모밑에 큰 아들로 태어나 제대로
하고 싶은 것 맘껏 해보지 못한 우리 아들이 더욱 보고싶은 날이다
청각 장애로 소통이 잘 안되는 아빠를 항상 곁에서 지켜주고 말벗이
되어 주고 소아마비로 한쪽 다리를 못 쓰는 엄마 위해 어려서 부터
심부름을 도맡아 해줬던 우리 아들 너무 그립다
또한 부모대신 동생도 잘 보살피며 사이좋은 형제로 엄마를
기쁘게 해줬던 우리 아들인데.
집에 차가 없어 가족 여행 한번 아니 가족 나들이 못 가봤어도
싫은 내색 안보이며 항상 밝았던 우리 아들
사춘기가 되어서도 부모의 장애를 부끄럽게 생각하지 않고
친구들 에게도 엄마를 소개하는 우리 착하고 멋진 아들이었다.
엄마곁에서 걷기 불편하지 않도록 팔짱 끼워 줄때 언제 엄마
났다 더 커서 의젓해졌는지 너무 대견하구나

나의 기쁨이 된 사랑하는 아들아

조 영 실
경남 거창군

어제 네가 어버이날 기념으로 사 준 저녁을 먹으며 아빠는 마음으로 눈물을 흘렸다. 지난날 너에게 고통을 준 것에 대한 반성의 눈물이기도 하였지만 감사의 눈물이기도 하였단다.

내 아픔이었던 아들 형석아,

네가 초등학교 입학하기 전까지 너에게 기대한 것은 "아빠"라고 불러 주는 것이었단다. 하지만 너는 다른 아이와 다르게 말을 하지 못했고 혼자만 아는 단어를 웅얼거렸지. 마음이 아프면서도 이리 뛰고 저리 뛰는 네 모습에 화가 나고, 네가 내 아들이란 사실이 부끄러웠고 미웠다.

아빠로부터 전혀 인정받지 못한 너였기에 유치원 시절과 초등학교 시절에는 놀림과 관심의 대상이었단다. 그래서 우린 너를 시골 초등학교로 전학시켰지만 달라진 것은 아무것도 없었지.

그렇게 초등학교를 졸업한 너를 중학교에 보내면서 조금 걱정은 했지만, 친구들로부터 그렇게 심한 고통을 당하고 있는지는 전혀 몰랐단다. 그 사실을 알게 된 것은 너와 신문 배달을 하던 어느 날이었지.

"형석아, 새벽에 신문 배달하는 거 힘들지 않니?"

그때 너는 나에게 말했지.

"아빠, 새벽에는 때리는 아이들이 없잖아요."

그제서야 네가 학교에서 얼마나 고통을 받고 있는지 알았단다. 그런데도 너는 그 사실을 엄마 아빠에게 전혀 말하지 않았다는 것에 아빠는 더욱 큰 아픔을 가졌단다. 아마 그 아이들보다 아빠가 더 무서웠기 때문이겠지.

사랑하는 아들 형석아,

너무너무 미안하구나. 그런 아픔을 참아내고 고등학교에 입학한 너에게 중학교 시절을 생각하며 혹시나 해서 물었지.

"형석아, 고등학교는 어때?"

그때 너는 이렇게 대답했지.

"아빠, 고등학교에서는 지금까지 한 대도 안 맞았어요."

그 대답에 아빠는 안도하면서도 또 한 번 너의 중학교 시절의 고통을 느꼈단다.

듬직하게 자란 아들 형석아,

지난날 신문 배달을 하면서 누가 시킨 것도 아닌데 너는 그 신문에 나오는 일본어 문장을 가지고 일본어 공부를 시작하더구나. 그렇게 성실히 공부한 결과 일본어 성적은 줄곧 1등을 하였지. 그리고 그

전공을 살려 대학은 일본어 관광학과에 입학하여 다른 일반인 친구들과 당당히 경쟁해 4.0이 넘는 좋은 성적으로 졸업하여 우린 물론 주위 사람들을 더욱 놀라게 하였지. 하지만 여전히 일반 사람과의 소통에는 많은 어려움을 갖고 있었기에 졸업은 했지만 취업은 쉽지 않을 거라 생각했단다.

그러던 중 어느 선생님의 도움으로 너는 마산에 있는 작은 회사에 입사하게 되었지. 입사했다는 기쁨도 잠시, 그 회사로부터 연락이 왔어.

"형석 아버님, 회사는 매출과 이익을 남기는 곳입니다. 여기는 자선단체가 아닙니다. 아이를 데려가 주세요. 형석이는 이 회사에 근무하기 어려운 아이입니다."

그 소식을 듣고 우린 올 것이 왔다고 생각하면서도 간절하게 부탁하였단다.

"부장님, 저희도 잘 압니다. 한 달만, 아니 일주일만 지켜봐 주시면 안 될까요? 그때 가서도 도움이 안 되면 바로 데리고 가겠습니다. 한 번만 더 부탁드립니다."

그 후 회사로부터 연락이 오지 않았으며 너는 특별한 경우가 아니고서는 하루도 빠지지 않고 3년을 근무하여 그 회사의 모든 분들로부터 인사성이 가장 좋은 청년으로 소문이 났었지. 우린 다른 분들로부터 듣는 그 소문이 얼마나 기뻤는지 모른다.

그렇게 회사에 적응을 잘 하고 있으면서도 너는 자주 네 친구가 근무하는 교육청이나 학교에 근무하기를 희망했었지.

그러던 어느 날, 너의 희망대로 경남교육청에서 '장애인 특수행정 실무원 모집'이 있었고, 그 모집에 응시한 너는 당당히 합격하여 우리에게 더욱 큰 기쁨을 주었지.

어느 날 출근하는 너에게 회사 생활과 학교에서의 생활이 어떤 차이가 있냐고 물었지. 너는 힘있게 대답했어.

"아빠, 회사는 제품을 깨끗하게 만들고 불량품이 나오면 안 되잖아요. 근데 학교는 시키는 것과 청소만 하면 돼요."

그 대답을 듣고 아빠는 얼마나 듬직하고 고마웠는지 모른다. 그리고 편지 서두에서도 말했지만 네가 어버이날에는 모든 식당에 손님들이 많을 것 같다며 엄마 아빠에게 맛있는 식사를 대접해 주어 정말 고마웠다.

엄마 아빠의 든든한 버팀목과 자랑이 되어 준 아들 형석아,

이제 아빠와 함께 근무하는 동료가 되어 많은 선생님들로부터 인사성 밝고, 예의바르고, 성실하다는 소릴 듣는 네가 자랑스럽구나. 정말 너는 나의 아픔을 기쁨으로 만들어 준 천사 같은 아들이란다. 어려움을 네 의지로 이겨 냈기에 더 자랑스럽다.

조형석 주무관, 너무너무 사랑한다.

2016년 5월 10일
자랑스러운 아들에게 아빠가

엄마로부터 받은 마음의 유산

오 보 미

경남 창원시

엄마, 다리는 좀 어때요? 아직도 많이 욱신거려요?

기분 좋게 가족나들이를 나섰던 토요일, 발을 잘못 헛디뎌 인대가 늘어진 다리를 붙잡고 그저 "내일 배달 어떻게 하노"라고 하시던 엄마가 눈에 아른거리네요.

당신 다리는 걱정도 안 하고 새벽 배달을 어떻게 할지 먼저 걱정하시던 엄마 모습을 보고 가슴 아픈 적이 한두 번이 아니었어요. 그 지긋지긋한 배달 하루쯤 안 하면 안 되는 걸까 싶다가도 선뜻 그 말을 내뱉지 못하는 제 자신이 원망스러웠어요.

그래서 처음에는 엄마 다리도 안 좋은데 2, 3층이라도 제가 배달해 드리면 조금이라도 도움이 될까 싶어 악착같이 엄마를 따라다녔어요. 엄마는 숨을 가쁘게 내쉬는 저를 보고 마음이 아팠겠지만, 그 순간만큼은 정말 행복했어요. 그렇게라도 도울 수 있다는 사실이 기뻤어요.

엄마, 그거 기억나세요? 새벽 배달을 마치고 자전거에 걸터앉아 엄마는 흰우유, 저는 커피우유를 마시며 둘이 나눴던 대화 말이에요. 그때 저는 오늘 날씨가 참 따뜻해서 배달이 수월하다고 했고, 엄마는 그런 저를 물끄러미 바라보다 나지막이 미안하다고 했었죠. 그때 사실 많이 당황스러웠어요. 배달이 수월했다는 얘기를 하면 엄마가 기뻐하실 줄 알았거든요.

그래서 그날 밤 어딘가 모르게 씁쓸한 엄마의 얼굴을 떠올리면서 잠이 드는데 '아차' 싶었죠. 웃으면서 배달이 수월하다고 말하는 날 보고 엄마 마음이 얼마나 아렸을지, 또 얼마나 아팠을지 미처 몰랐어요. 엄마는 저를 보며 어떤 생각을 했을까. 어떤 생각을 했길래 그런 슬픈 표정으로 미안하다고 했을까. 부모가 되어 보지 않고서는 느낄 수 없는 감정이겠지요.

그날 밤, 처음으로 뭐든 해야겠다는 생각을 했어요. 엄마가 새벽에 땀 흘리면서 배달하는 게 싫기도 했고, 무엇보다 저한테 미안해하시는 게 싫었어요. 그래서 '엄마에게 미안하다는 말만 듣지 말자' 다짐하고 이것저것 닥치는 대로 하기 시작했어요. 평소에 하고 싶었지만 부끄러워서 엄두를 못 냈던 일, 꼭 해야만 하는 일이지만 하기 싫거나 귀찮아서 외면했던 일들을 닥치는 대로 했어요.

지금 생각해 봤을 때 무슨 자신감으로 그런 일들에 도전했는지 모르겠지만 그런 경험들이 있었기에 지금의 제가 완성될 수 있었던 것 같아요. 하지만 지금의 저를 만들어 준 일등공신을 뽑으라면 단연코 엄마라고 자신 있게 말할 수 있어요.

엄마를 위해 뭐든 해야겠다는 생각을 했고 무엇이든 할 용기가 생겼어요. 그러니까 저한테 미안해하지 마세요. 휴학하고 하는 것 없이 빈둥빈둥 놀고 있는 저에게 다시금 현실을 환기시켜 주고, 앞으로 나아갈 길을 제시해 준 분이에요. 저에게는 발전적인 자극을 주신 고마운 분.

"엄마, 고마워요." 이 표현으로는 부족하지만 그저 고마워요. 저를 어른으로 만들어 줘서, 저 혼자 헤쳐 나갈 수 있는 용기를 줘서, 그리고 무엇보다 제 선택을 존중하고 따라줘서 말이에요. 엄마로부터 받은 마음의 유산은 제가 앞으로 살아가는 데 큰 힘이 되어 줄 거예요.

몇 달 뒤 저는 아는 사람 한 명도 없는 다른 나라로 떠나게 돼요. 처음에 이런 생각을 밝혔을 때 엄지를 치켜세우며 "우리 딸 아주 멋져"라고 말씀해 줘서 고마워요. 엄마의 칭찬 한마디 한마디가 그 무엇보다 큰 힘이 되거든요. 하지만 그렇다고 해서 무섭거나 겁나는 건 아니에요. 자신이 선택한 것이고 마땅히 해야 하는 일이잖아요. 늘 그랬던 것처럼 씩씩하게, 저답게 많은 걸 경험하고 누리고 올게요.

자주 전화할 수는 없겠지만 매일 엄마 아빠 사진 보면서 기도할게요. '오늘도 무사히 모든 걸 경험할 수 있게 해 주세요'라고.

엄마, 우리 행복하게 살아요. 더 많은 것을 보고, 느끼고, 경험해서 새로운 것들, 또 사람들에게 기쁨을 주는 그런 일을 해요. 저는 제 딸이 태어나도 저랑 똑같은 삶을 살라고 조언해 줄 거예요. 네가 하고 싶은 일을 하되 가족을 최우선으로 여기고 가족 모두가 행복해질 수 있는 일을 하라고. 그리고 같이 꼭 새벽에 자전거 타자고.

평소엔 쑥스러워서 잘 하지 않는 말이지만 오늘은 왠지 하고 싶어요. 사랑한다는 말이에요. 어렸을 땐 매일 '사랑해'라고 했었는데 스무 살이 넘은 뒤론 거의 기억이 없네요.

　엄마, 사랑해요. 아주 많이. (어쩌면 아빠보다 더 많이 사랑할지도 모르겠어요.) 그리고 고마워요. 저를 이 세상에서 빛을 낼 수 있게 해 주셔서, 그런 기회를 주셔서요.

　앞으로도 엄마는 엄마답게, 저는 저답게, 그렇게 살아요. 그렇게 행복하자구요.

2016년 5월 9일
자유로운 둘째 딸 올림

육군 일병, 아들 한영입니다

이 한 영

강원도 화천군

어머니, 5월입니다.

전주는 본격적인 여름이라지요. 그런데 제가 있는 이곳 강원도 화천은 아직도 늦은 봄이 머물고 있는 듯합니다. 산허리를 안개처럼 물들였던 벚꽃은 얼마 전에야 졌고, 철쭉은 여전히 산등성이를 붉게 물들이고 있습니다. 5월의 전령사라고 할 수 있는 아까시 꽃들이 두런거리고 그 향기가 슬그머니 부대 안까지 밀고 들어옵니다. 그때마다 저는 고향 전주를 생각하게 되고, 가족들의 안부가 궁금해지고 특히 어머니가 그리워지곤 합니다.

사랑하는 내 어머니, 여전히 건강하시고 활기차게 잘 지내시지요?

통신병인 저는 지금 6시 30분에 기상해서 세면세족을 하고 아침 점호를 끝냈습니다. 매일 연병장을 씩씩하게 군가를 부르면서 세 바퀴씩 돌고 국군 도수체조로 하루 일과를 시작합니다. 처음엔 체력적으로 힘들고 올빼미형 체질이었던 제가 일찍 일어나는 것이 정말 싫었는데, 지금은 단련이 되고 습관이 되어 얼마나 즐겁고 신나는지 모릅니다.

작년 12월 15일 훈련소에 입소, 군인이 된 지도 벌써 5개월이 넘어가고 있습니다. 지금 이곳으로 자대 배치된 후 일병으로 한 계급 올랐고, 제 밑으로 이병이 여럿 있으니 완전 '쫄병'은 벗어난 셈입니다.

제가 어렸을 때부터 약골인 데다가 병치레를 너무 많이 해서 부모님이 저를 군에 보내며 얼마나 많은 걱정을 하셨는지 잘 알고 있습니다. 그런데 이상하리만치 군 입대 후 정말 건강해졌답니다. 전에는 환절기 때마다 비염 알러지로 시작해 작은 감기와 무기력증으로 힘들어했지요. 겨울이 오면 겨울잠을 자는 곰처럼 집에 틀어박혀 잠만 잤고요. 밖에 나가 친구랑 놀기도 하고, 연애도 좀 하고, 책도 읽으라는 어머니의 말씀은 귓등으로 흘리며 제 스스로 마음의 감옥을 짓고 침잠했었답니다.

대학 입학 실패 후 재수, 삼수를 하고도 제가 원하지 않던 대학에 갈 수밖에 없던 제 자신이 밉고 또 미웠습니다. 세상은 한없이 저에게 등을 보이고 불친절하다 여기며, 지독히 운도 없는 놈이라고 자괴감에 빠져 살았습니다. 제 스스로 '루저'라고 생각했고, '아웃사이더'라고 여겼지요. 그러니 친구들과 원만하지 못했고 그들의 삶에 용해되지 못해 불화가 잦았습니다. 제가 누구인지 삶에 대한 확신과 정체성을 찾지 못하고 방황했었지요.

어머니는 당신 책임이라고 자책하면서 눈물도 많이 흘리셨습니다.

그래서 어머니는 불특정 다수의 인간군상이 모이는 군대에 저를 보내고 한시도 잠을 제대로 못 이루셨다고 전해 들었습니다.

어머니, 그런데 어찌된 일일까요? 저는 기적처럼 이곳에 들어와서 정말 행복합니다. 제 등은 곧고 씩씩하며 장딴지와 허벅지의 근육은 제법 남자답습니다. 30분만 걸어도 쉽게 피곤을 느꼈던 제 몸은 새로운 동력을 단 것처럼 활기에 넘칩니다. 그것은 절도 있고 규칙적인 생활환경 속에서 우리 부대원들과 잘 지내며 알찬 날들을 보내고 있기 때문이라고 생각합니다. 그리고 이 모든 것이 어머니 덕분입니다.

어머니께서 저를 위해 무릎 꿇고 드리는 기도와 마음을 담아 보내주시는 편지들, 전화로 제게 해 주신 따뜻한 말씀들이 저를 희망으로 용솟음치게 합니다. 어렸을 때부터 유난히 책을 많이 읽었던 저인데 책 속에 나오는 그 어떤 명문장보다 어머니의 사랑이 담긴 말씀과 편지글들이 저를 새롭게 태어나게 합니다.

제가 왜 소중한 존재인지, 삶이 왜 즐거운지 점점 느끼게 됩니다.

우리 집의 장남으로서, 오빠와 동생으로서, 대한민국을 지키는 군인으로서, 선택받은 존재, '일병 이한영'을 저는 진심으로 사랑하게 되었습니다. 도망치듯 입대한 군대가 오히려 저를 돌아보게 하고 새롭게 발전하면서 저 자신을 빛나게, 성숙한 사람으로 만들어 주었습니다.

어머니, 당신께서는 '태양의 후예' 유시진 대위보다 더 잘생기고 멋진 아들이라고 말씀해 주셨죠. 그대로 믿겠습니다. 그 말씀대로 아들 이한영은 속이 단단하고 꽉 찬 사람이 되기 위해 하루하루 의미

있게 보내고 있답니다.

그리고 강조하고 싶은 것은 우리 부대원 구성원 모두 멋지고 좋은 사람들의 집합체인 것 같습니다. 입대 전에 군에 대한 부정적인 인식이 말끔히 해소되었고, 지금까지 나누지 못했던 끈끈한 인간애나 전우애를 느낄 수 있다는 것이 무엇보다 좋습니다.

휴식시간에 전우들과 이야기를 많이 나눕니다. 같은 20대 청년들이 느끼는 고민과 희망에 대해 이야기하고 서로의 생각에 공감과 격려도 해 주고 있습니다. 저의 독서여행은 더욱 깊고 광활해졌으며 사색의 농도는 더 짙어져 갑니다. 생각하는 크기만큼 저의 미래도 잘 설계할 수 있는 힘을 키워 가고 있습니다.

제가 이렇게 비뚤어지지 않고 반듯한 청년으로 살 수 있는 에너지를 주시는 어머니, 지금 이 순간도 어머니가 몹시 그리워집니다.

체력 단련 후 저녁 여섯 시까지 저녁식사를 하면 하루 일과는 거의 끝납니다. 제게 달콤한 휴식시간, 독서광답게 책을 들고 자유의 달콤함을 즐깁니다. 밤 아홉 시부터는 소나기(소중한 나의 병영일기) 시간, 제 일기장을 꺼내어 그 속에 들어 있는 가족사진을 한참 바라봅니다. 사랑하는 사람들 모습이 눈앞에 있으면 갑자기 가슴이 욱신거릴 정도로 보고 싶어집니다.

지난달, 포상휴가로 가족들과 즐겁게 지냈던 일이 바로 어제 일 같습니다. 다음 달 정기 휴가 때면 우리 가족들을 위해 기쁘게 해 줄 수 있는 것이 무엇일지 미리 설레며 생각해 봅니다.

우선 오빠인 제가 군복을 입고 학교 정문에 서 있는 것을 자랑하고 싶다는 우리 귀염둥이 여동생 혜완이 부탁을 꼭 들어줘야 할 것 같습니다. 송중기처럼 멋진 군복에 모자를 쓰고 동생 학교 정문에 서서 혜완이를 기다리겠습니다. 동생은 잘생긴 오빠를 자랑스럽게 소개하겠지요. 저는 거수로 그들에게 이렇게 답례할 예정입니다.

"필승! ○○○부대 일병, 이- 한- 영."

와! 상상만 해도 멋있지 말입니다.

사랑하는 내 어머니, 편지를 쓰다 보니 이제 취침시간이 다 되었습니다. 소등을 하고 잠을 청합니다. 어머니도 안녕히 주무세요.

사랑하고 고맙습니다.

2016년 5월 8일

멋진 아들, 일병 한영 올림

4월의 어느 날, 엄마에게

전 지 원

대전광역시 유성구

엄마, 제가 있는 곳에는 꽃이 예쁘게 피었는데 엄마가 계신 곳은 아직이겠지요?

오랜 시간 함께 느끼던 익숙한 날씨와 풍경이 지금은 많이 달라졌지만 서로 다른 풍경을 보면서 이야기할 수 있어서 이것도 나쁘지 않은 것 같아요. 항상 편지에서는 존댓말을 쓰곤 했는데 이번에는 제가 좋아하는 엄마 냄새 나는 침대에 누워 수다 떠는 것 같은 편지를 쓰려고 해요.

대학 간다고 집을 나와 김동률의 '출발'이라는 노래 들으면서 기숙사 가는 차 안에서 혼자 울컥했던 것도 어느새 일 년이 지난 일이네요. 기숙사에서 자던 첫날밤, 설렘과 두려움에 조금 더 엄마 아빠 품 안의 자식이고 싶다는 생각이 들었는데, 그때 엄마 아빠 마음이 어떨지 상상이 안 되었어요. 그래도 저는 떨어져 있을 뿐 잘 버티고 있고,

엄마 아빠라는 가장 든든한 품 안에서 살고 있어요.

어릴 땐 엄마가 가족들과 시간을 보내는 것보다 자꾸 밖으로 나가는 게 참 싫었어요. 그것 때문에 아빠랑 싸웠던 모습이 아직도 생생해요. 전 더 놀고 싶었고 많은 시간을 보내고 싶은데, 엄마는 그렇지 않은 것 같아서 많이 섭섭했어요. 그런데 스무 살이 넘으니까 엄마가 아니라 같은 여자로서 엄마를 이해할 수 있게 되었어요.

지금의 저보다 고작 다섯 살 정도 많았던 엄마의 젊은 날, 타지에서 바쁜 아빠와 낯가리는 애들 키우면서 많이 외롭고 힘드셨겠다는 생각이 문득 들었어요. 지금껏 엄마는 제게 부모의 역할이길 바랐고 모두 당연하다 생각했어요. 엄마도 여자로서의 삶이 있다는 걸 알게 되었어요. 엄마도 제 나이 때, 저와 같은 고민을 하며 그렇게 어른이 되셨겠구나 하는 생각이 들어요. 엄마가 생각해도 저 참 많이 컸죠? 앞으로 더 많은 경험을 하고 시간이 흐르면 엄마를 더 이해할 수 있을 것 같아요.

엄마랑 통화를 끝내고 밖을 쳐다봤는데 꽃이 너무 예쁘게 피어 있어서 새삼스럽지만 내가 엄마의 딸로, 엄마가 제 엄마로 이 아름다운 세상을 살고 있는 게 정말 감사하다는 생각을 했어요. 시간이 흐를수록 제가 얼마나 좋은 환경에서 좋은 사람들과 살고 있는지 알게 되고, 참 많은 것들에 감사할 수 있게 된 것 같아요. 불편했던 짧은 손가락과 발가락이 때론 엄마 마음을 아프게 했을 테지만, 그것 말고도 엄마 아빠에게서 받은 좋은 것들이 더 많은 거 알아요.

자라면서 늘 열심히 일하는 모습 존경했고, 그럼에도 인생을 즐길 줄 아는 분인 것 같아서 멋지다고 생각했어요. 저도 몇 년 후에 좋아하는 눈이 많이 왔다며 사진 찍어 보내 줄 수 있는 엄마가 되었으면 좋겠어요.

제가 엄마의 자존심이란 걸 알았고, 늘 자랑스러운 딸이 되고 싶었어요. 대학도 더 좋은 곳으로 가고 싶었고 남부럽지 않은 똑소리나는 사람이 되고 싶다고 생각해 왔어요. 많은 일을 겪었지만 잘 이겨 낼 거라고 믿어 줬으니까 이렇게 열심히 살고 있어요. 때로는 조금 부족하고 허둥대더라도 제 세상을 힘껏 살고 있어요.

늘 엄마가 생각하고 믿어 주시는 것처럼 멋지게 해낼 거예요.

고맙고 사랑하는 엄마, 우리 같이 꽃놀이도 가고 오빠랑 같이 꽐도 가요. 그저 지금처럼 모든 것에 감사하며 행복하게 살아요. 저는 아빠 말씀처럼 마음을 좋게 쓰며 살 테고, 엄마 말씀처럼 뭘 하든 즐겁게 할 거예요. 지금처럼 우리는 서로의 자리에서 최선을 다하며 꿈을 이룰 때까지, 아니 이룬 후에도 늘 서로를 아끼며 사랑하며 살아요.

그러니까 아프지 말고 앞으로도 제가 전화 걸면 '강아지!' 라고 불러 주세요. 사랑해요.

2016년 4월 30일
벌써 스물한 살이 된 지원 올림

방글라데시에 계신 시어머님께

황 남 영
서울시 동대문구

사랑하는 어머님, 이렇게 한국어로 편지를 쓰게 되었네요.

기회가 되면 꼭 남편에게 번역하여 어머님께 전달할 수 있도록 하겠습니다.

방글라데시를 다녀온 지 두 달이 되어 가는데 잘 지내시는지요? 작년에도 3주간 다녀왔는데, 떠나는 마지막 날 밤 어머님께서 우시면서 "이제 가면 죽기 전에 보려나?" 하셨지요.

그리고 저는 일 년 만에 다시 어머님을 뵙기 위해 비행기에 몸을 실었습니다. 일 년 사이 너무도 달라진 방글라데시, 생활도 편해졌고, 어머님께서 앞장서서 외국인 며느리를 위해 배려해 주시는 것을 알았습니다. 운나, 보르카로도 불리던 작년에는 솔직히 내색은 하지 않았지만 외국인 며느리가 부끄러워서 이러실까 하는 생각을 하며 살짝 상처 받았었습니다.

하지만 그 또한 저를 위해서라는 것을 부족한 며느리는 뒤늦게 알게 되었습니다. 누구보다 저를 신경 쓰고 행여나 멀리서 온 며느리가 불편해할까 봐 조마조마하던 모습에 죄송스러워서 어찌할 줄 몰랐습니다.

먹는 거 하나부터 무엇을 주어야 할지 몰라 늘 미안해하시던 어머님, 제가 좋아하는 음식이 있으면 동네에서 요리 제일 잘하는 친구를 불러 맛있게 해 주셨지요. 무엇보다 제가 한국에서 가져간 김치와 참치로 며느리를 위해 한국요리에 처음 도전하셨던 어머님 모습은 감동이었습니다.

제가 요리하겠다고 해도 부엌이 한국과 다르다고 하셨지요. 덕분에 저는 시어머님께서 끓여 주신 참치김치찌개를 먹은 복 많은 며느리가 되었지요. 지금도 그 맛을 잊을 수가 없답니다.

정말 처음 끓여 본 게 맞을까 싶을 정도로 맛있었던 어머님표 참치김치찌개! 제가 SNS에 올렸는데 모두 좋은 시어머님이라고 부러워했어요. 어머님께 작은 것이라도 만들어 드리고 싶어 인터넷을 찾아가며 양념치킨 소스도 준비하여 만들었는데 엄지 척! 해 주시던 어머님, 정말 고마웠습니다. 맛있게 잘 했다며 쓰담쓰담 해 주시던 어머님, 그립고 보고 싶습니다.

또 파스텔 색상을 좋아하시는 어머님께 옷을 선물해 드리자 아이처럼 좋아하시던 모습을 바라보며 저도 행복했습니다. 사고 싶은 옷이었는데 비싸서 못 사셨다는 말씀에, 엄마들의 모습은 국적 불문하고 똑같다고 느꼈답니다.

일 년에 한 번, 몇 주씩 다녀가는 며느리가 행여 불편할까 봐 배려하며 조심하시는 어머님, 저는 다시 어머님이 계시는 방글라데시에 갈 거예요. 그러니 너무 걱정하지 마세요.

헤어질 때는 늘 마지막이 아니길 기도하신다는 말씀이 가슴에서 지워지지 않습니다. 비록 바다 건너 하루는 가야 하는 곳에 있지만 그래도 어머님의 사랑은 늘 잊지 않고 있답니다.

제가 빨리 방글라데시어를 배워서 어머님과 통역 없이 의사소통할 수 있도록 노력하겠습니다. 부족한 외국인 며느리 받아 주셔서 감사합니다.

사람들은 방글라데시를 낯선 이미지로 보지만 저에겐 늘 정 넘치는 곳이랍니다. 언제나 저를 반겨 주시고 사랑으로 받아 주시는 어머니가 계신 곳이니까요.

일 년이 아닌 더 빠른 시일 내에 어머님 뵈러 가도록 하겠습니다. 늘 건강하시고 아프지 마세요.

사랑합니다, 어머님.

2016년 5월
한국에서 맏며느리 올림

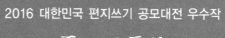

중·고등부

박하은 | 서지현 | 이희두 | 정시흔

조성민 | 이혜리 | 박한별

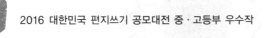
특별한 사랑을 주신 두 분께

박 하 은

삼척여자중학교 1학년

외할머니 외할아버지, 제일 큰 강아지 하은이에요.

언제나 강아지라고 부르시는데, 생각해 보니 그 강아지가 이젠 너무 자란 것 같네요. 헤헤.

어느새 날씨가 점점 더워지고 있어요. 이제 곧 맑은 하늘에 푸르른 잎이 풍성한 나무들과 색색깔의 예쁜 꽃들이 활짝 피어나겠지요? 저는 거리를 다닐 때마다 피어 있는 꽃들을 보면 외할머니 생각이 나요.

"하은아, 저 꽃들 좀 봐. 때가 되면 누가 말해 주지 않아도 저렇게 앙상한 나뭇가지에서 새싹이 나고 꽃을 피우는 게 정말 신기하지 않니? 활짝 핀 꽃들이 우리 예쁜 하은이를 닮아 할머니는 바라만 봐도 행복하다."

그 전에는 계절이 바뀌는 게 그냥 당연하다고 생각했는데, 외할머니 말씀을 듣고 나니 하나하나 모두 소중하고 고마운 거라는 걸 알게 되었어요. 외할머니 말씀대로 작은 일에도 감사할 줄 아는 하은이가 될게요.

외할머니 외할아버지, 제가 두 분과 함께 산 지 꽤 되었네요. 그래서 더 감사한 일이 많은 것 같아요. 제가 다섯 살 때부터 바쁜 부모님을 대신해서 돌봐 주시며 부모님의 빈자리가 느껴지지 않도록 사랑해 주셔서 감사해요. 남들은 할머니 할아버지가 그냥 보살펴 주기만 해도 다행이라고 하는데, 우리 외할머니 외할아버지는 특별한 분들이었다는 걸 이제 알 것 같아요.

외할머니, 제가 부모님과 떨어져 살면서 우울해할까 봐 다섯 살 때부터 벨리 댄스를 배우게 해 주셨죠? 운동을 하니까 몸도 건강해지고 음악을 들으니까 기분도 좋아졌어요. 아주 탁월한 선택이었던 것 같아요. 지금도 저에게 아주 특별하고 소중한 추억이 되었어요.

그리고 유치원 다닐 때 찻길을 건너야 해서 아침마다 외할머니 손을 잡고 가던 길이 생각나요. 1부터 100까지 할머니 한 번, 저 한 번 영어로 말하며 걷기도 하고, 1월부터 12월까지 노래를 부르기도 하고, 제가 배운 노래도 불러 드리며 즐겁게 걷던 길이요. 할머니가 알고 있는 영어는 저에게 다 알려 주고 싶다고 하셨는데, 제가 지금 영어를 잘하게 된 건 할머니 덕분인 것 같아요. 그때 영어가 무척 재밌게 느껴졌거든요. 정말 감사합니다.

그리고 외할아버지께서는 저를 산에 자주 데려가 주셨잖아요. 지금도 가끔 산으로 현장체험학습을 가면 할아버지랑 놀았던 기억이 떠올라요. 벚꽃이 가득 핀 나무 아래서 뛰어놀며 운동을 했었지요. 외할아버지께서 꽃잎으로 벚꽃 눈을 만들어 뿌려 주셨잖아요. 저는 꽃비를 맞으며 좋아 소리 지르고 팔짝팔짝 뛰어다녔지요.

제가 붙여 드린 '몸짱 할아버지' 라는 별명은 마음에 드세요? 외할아버지는 일을 많이 하셔서 팔에 알통이 불룩 나와 제가 외할아버지 팔에 매달리는 걸 좋아하셨었지요. 그래서 붙여 드린 별명이잖아요. 지금 생각해도 그 별명은 외할아버지와 정말 잘 어울려요. 저와 동생들을 돌봐 주시려면 건강해야 한다고 운동도 열심히 하시고, 몸에 좋은 것들을 손수 산에서 뜯어 와 저에게 먹여 주시고, 요리까지 해 주시던 외할아버지가 정말 좋아요. 그리고 감사드려요.

아 참, 할머니와 손잡고 유치원에 가다가 제가 동생 갖고 싶다며 울었던 거 기억나세요? 그렇게 원하던 동생을 열 살 때 드디어 만났지요. 그것도 두 명이나 생겨서 너무 좋아요. 학교에 가도 계속 동생들 생각이 나구요. 동생들이 아직 어려 제 방을 어질러 놓고 말썽을 부려 화가 났다가도 함박웃음 한 번에 미움이 눈녹 듯 사라진답니다.

그런데 동생들이 생기면 제가 더 잘 챙길 것 같았는데 막상 잘 돌보지도 않고 외할머니 외할아버지께만 맡겨 놓아 죄송해요. 아직 말귀도 못 알아듣는 어린 동생들을 돌보시느라 많이 힘드시죠? 제가 표현은 자주 못했지만 정말 깊이 감사하고 있어요. 두 분께서 돌봐 주시지 않는다면 아마 동생들은 어린이집이나 다른 사람의 손에서 자라야겠지요.

가끔 뉴스를 보면 어린이집에서 아기 돌보는 사람들이 잘못해서 다치거나 사고가 나는 걸 보면 동생들 생각이 나서 제 가슴이 철렁 내려앉아요. 그러면서 두 분께 더더욱 감사하게 되구요. 외할머니 외할아버지께서 저를 이렇게 건강하고 튼튼하게 키워 주셨으니 앞으로는 제가 작은 일이나마 잘 도와 드릴게요.

제가 건강하게 자란 건 다 외할머니 외할아버지 덕분이에요. 외할머니께서는 항상 일찍 일어나셔서 영양 가득한 맛있는 음식을 많이 만들어 주셨고, 몸에 좋은 효소들을 직접 담갔다가 시원한 아이스티처럼 음료수도 만들어 주셨지요. 아! 그 시원하고 새콤달콤한 맛은 잊을 수가 없어요.

힘드실 텐데 매일밤 잠자기 전 발바닥부터 온몸을 마사지해 주시고, 언제쯤 할머니보다 크냐고 매일 키를 쟀었는데, 이제는 외할머니보다 제가 키도 훌쩍 커지고 힘도 세졌네요. 무거운 것도 제가 대신 들어드리고 높은 곳에 있는 물건도 내려드릴 수 있어요. 키가 큰 만큼 마음도 넓게 쓸 줄 아는 의젓한 하은이가 될게요.

외할머니 외할아버지, 지금은 엄마 아빠와 살고 있지만 그래도 두 분이 제 곁에서 변함없이 든든하게 지켜 주셔서 안심이 돼요. 두 분이 안 계셨다면 저는 그런 사랑을 충분히 받지 못하고 다른 사람 손에 컸을 거예요. 그래서 외할머니 외할아버지는 저에게 정말 소중한 분들이에요.

그런데 제가 가끔 버릇없이 굴 때가 있지요? 너무 편하게 생각하다 보니 잘못할 때가 많은데 돌아서면 금방 후회가 돼요. 엄마 아빠께서 가까운 사이일수록 사랑 표현도 많이 하고 더 예의바르게, 상처 주지 않게 조심하는 거라고 하셨는데, 앞으로 더 예쁘게 말하도록 노력할 게요. 그래도 제가 영원히 두 분을 사랑하고 언제나 감사드리고 있다는 것만은 꼭 알아주세요.

엄마 아빠도 제가 결혼해서 아이를 낳으면 언젠가 외할머니 외할아버지가 되시겠지요? 외할머니 외할아버지가 그렇게 소중한 분인데, 제 아이가 두 분께 잘못하면 너무 속상할 것 같아요. 그래서 이제부터라도 두 분께 더 잘해 드릴 거예요. 나중에 제가 크면 멋진 곳에 모시고 다니며 많이 보여 드리기도 하구요. 이번에는 제가 직접 맛있는 것도 많이 만들어 드리고 사 드릴 거예요. 외할머니가 보고 싶어 하시는 에펠탑도 꼭 보여 드릴게요. 건강하게만 제 곁에 계셔 주세요.

저를 키우느라 힘드셨을 텐데, 오히려 하은이가 있어서 할머니 할아버지 엔돌핀이 많아져 건강하게 살 수 있다며 고맙다고 말씀해 주셨지요. 저도 두 분이 계셔서 정말 행복해요.

외할머니 외할아버지, 많이많이 사랑해요.

2016년 5월 12일

외할머니 외할아버지의 큰 강아지 하은 올림

제비꽃 같은 사랑 이야기

서 지 현

인천신흥여자중학교 2학년

할머니, 지현이에요. 건강은 괜찮으세요?

모처럼 할머니께 글을 쓰려고 책상에 앉으니 죄송스럽다는 생각이 먼저 떠올라요. 함께 산다는 이유로 할머니께 지금까지 제 의견이나 생각을 글로 표현할 수 있는 기회가 거의 없었다는 것은 약간 무관심한 탓이라는 생각이 들어요.

공부를 잘 해 성적이 좋으면 그것이 어른들에게 효도하는 길이라고 생각했어요. 아직은 여러 가지로 미숙하니 이해해 주세요.

학교를 오가며 마주쳤던 새하얀 목련꽃과 향기로운 벚꽃이 어느새 길바닥에 떨어져 제 마음을 아프게 합니다. 이 아픈 마음을 치유라도 하듯 수업시간에 예쁜 시 한 편을 배웠어요.

제비꽃을 알아도 봄은 오고

제비꽃을 몰라도 봄은 간다

(중략)

그래, 허리를 낮출 줄 아는 사람에게만

보이는 거야 자줏빛이지

자줏빛을 톡 한번 건드려 봐

흔들리지? 그건 관심이 있다는 뜻이야

사랑이란 그런 거야

사랑이란 그런 거야

(이하 생략)

   이 시를 배우며 가장 먼저 떠오른 생각은, 봄에 흔하게 피는 제비
꽃을 저는 전혀 모르고 있었고, 과연 어떤 것이 소중한 것인가를 새
삼스럽게 느껴보는 시간이 되었지요. 시인처럼 사물을 따뜻한 눈으
로 보지 못하는 저의 부족한 정서와 메마른 마음이 부끄러웠어요.

   학교 성적 때문에 친구들과의 경쟁에서 이기는 일, 무엇이든 모범
생처럼 보여야 하는 일, 이렇게 가짜 같은 초라한 제 모습이 눈앞에
떠올랐지요. 시인처럼 감성이 뛰어나지 못하여 작은 일상에서 특별
한 가치를 발견할 수 없는 부족한 능력을 느끼는 것은 어쩔 수 없지
만, 또 한 가지 저 자신을 돌아보게 한 일이 있어요. 난 왜 그럴까?

   일상의 고마움을 느끼지 못한 채 메말라 버린 제 모습을 보며 실망
감과 안타까움이 교차했어요. 할머니와 부모님의 헌신적인 사랑은

자식을 위해서 누구나 다 하는 일이고, 내가 받는 권리는 당연한 것이라고 생각하며 살았어요. 오히려 가끔 금수저로 태어나지 못한 부모님과 할머니를 원망했던 것 같아요.

할머니, 저는 초등학교 6년과 중학교 2년을 합쳐 8년 동안 학교 다니면서 집으로 친구를 초대한 적이 한 번도 없었어요. 노인들과 함께 사는 제 모습을 친구들에게 공개하는 것도 싫었지만, 시도 때도 없이 시키는 할머니의 심부름 하는 모습을 친구들에게 보여 주기 싫어서였어요.

냉장고의 물을 갖다 드리는 일, 할머니 방의 전깃불을 끄는 일 등 너무 하찮고 귀찮은 일이라 하기 싫었는데도 제 사정은 아랑곳하지 않고 아무 때나 저에게 시키셨죠. 할머니가 오죽 힘이 들었으면 이런 심부름을 시키실까 생각도 했지만, 솔직히 짜증나고 화날 때가 많았어요. 이따금 효도라는 것이 이렇게 힘든 것이구나, 다른 사람의 시중을 든다는 것이 이렇게 어려운 것인가를 느낄 때가 많았어요. 경험도 해 보지 않고서 상상으로만 효도를 만들어 내는 친구들을 볼 때마다 헛웃음이 나왔어요.

지금 생각해 보면 할머니와 살면서 저도 모르게 어르신들을 대하는 좋은 습관이 들었다는 것은 참 좋은 일이에요.

얼마 전 할머니가 과로로 쓰러지셔서 병원에 입원했다가 퇴원하신 날, 엄마는 할머니께 죄를 지었다고 며느리를 용서해 달라며 매우 슬퍼했지요. 엄마가 몸도 불편하시니 지금껏 하고 있는 채소 장사를 그만하시라고 했을 때, 할머니는 우리 손녀 대학등록금은 마련하고 그만두겠다고 말씀하시는 것을 듣고 가슴이 너무나 아팠어요. 더구나 제 대학등록금이 우리 할머니의 장사 목표라고 늘 말씀하시지요.

고마우면서도 감당하기 어려울 정도로 느껴지는 할머니의 사랑. 오늘도 다리를 절뚝거리며 보행기에 의지하여 동네 시장으로 장사를 나가시는 할머니 뒷모습을 바라보고 있으려니 가슴이 아파옵니다.

항상 사랑한다는 말, 고맙다는 말, 표현이 서툴고 쑥스러워서 감추었고 따뜻하게 전달해 드리지 못해 아쉬워요. 보이지 않는 곳이지만 예쁜 미소로 늘 할머니를 응원할게요. 마음을 낮춰야만 보이는 소중한 사랑의 의미, 할머니를 통해 다시 한 번 느낍니다.

"할머니, 함께 계셔 주셔서 고맙습니다. 사랑해요, 할머니!" 크게 한 번 외쳐 봅니다.

2016년 5월 10일 화요일
함께 살고 있는 손녀 지현 올림

"할머니께"

Life is full of delightful melody

When you look up into the blue sky
You will find a great big smile through the clouds
Smiles are what fill us with delight
And bring us back to our good old days

할머니! 지현이에요! 건강은 괜찮으세요? 모처럼 할머니께 글을
쓰려고 책상에 앉으니 죄송스럽다는 생각이 먼저 떠올라요.
함께 산다는 이유로 할머니께 태어나서 지금껏, 나의 의견이나
생각을 글로 표현 할 수 있는 기회가 거의 없었다는 것은 제가
할머니께 약간은 무관심한 탓이 많았을 거에요. 공부를 잘하여
학교 성적이 좋으면 그것이 어른들에게 가장 효도하는 길이라고, 나
나름대로 생각했을뿐 다른 생각을 가져본 여유가 없었어요. 여러
가지로 저의 짧은 생각과 식견이 아직은 미숙하다는 생각을 지울
수가 없어요.   학교를 오가며 마주쳤던 새하얀 목련꽃의 자태와
눈이 부시도록 향기롭던 벚꽃은 어느새 길가의 잔잔한 흔적으로 저의
마음을 아프게 했지요. 이 아픈 마음을 치유라도 하려는 듯 수업 시
간에 우린 예쁜 시 한편을 배웠지요.

제비꽃을 알아도 봄은 오고   자주빛을 툭 한번 건드려 봐!
제비꽃을 몰라도 봄은 간다   흔들리지? 그건 관심이 있다는 뜻이야
            중 략   사랑이란 그런거야
그래, 허리를 낮출 줄 아는 사람에게만   사랑이란 그런거야!
보이는 거야 자주빛이지

이 시를 배우며 가장 먼저 떠오른 생각은, 봄에 흔하게 핀다는 제비꽃을 나는
전혀 모르고 있었고, 과연 나에게 어떤 것이 소중한 것인가를 새삼
스럽게 느껴보는 시간이 되었지요. 시인처럼 사물을 따뜻한 눈으로 보지
못하는 초라한 나의 마음이 보이면서, 학교 성적과 경쟁을 이겨내서
친구들을 물리치고 모범생 처럼 보여 져야 하는 가짜의 나의 초라한
모습이 눈앞에 떠올랐지요. 시인처럼 감각이 뛰어나지 못하여
작은 일상에서 특별한 가치를 발견 할 수 없는 능력이 부족함을
느끼는 것은 어쩔 수 없지만! 왜? 도덕적이고 예의적인 일상의
고마움을 느끼지 못하여, 메말라서 찌들어 버린 나의 품성을 보며…

할머니와 나눈 추억이 그리워요

이 희 두

대구 논공중학교 2학년

벚꽃과 목련꽃이 피는 따스한 봄날은 지나가고 어느새 여름이 다가오네요. 몇 달 전 병문안 갔을 때 할머니의 예전 같지 않은 모습에 손자는 눈시울이 붉어졌습니다.

할머니, 지금은 괜찮아지셨나요? 저는 늘 할머니 생각뿐입니다.

제가 다섯 살 때, 할머니와 땀을 뻘뻘 흘리며 밭을 일구면서 둘이서 약속했어요. 할머니께선 환한 미소를 지으시며, "니캉 내캉 약속 꼭 지키재이. 꼭 지키는 기데이"라고 하셨죠. 10년이 지난 지금도 할머니와의 약속이 생생하게 기억나요.

돌이켜보니 할머니와 함께 보낸 시간 때문인지 초등학생 때는 방학이 다가오면 할머니와 함께 있을 생각에 설레고 할머니 생각에 푹 잠기곤 했죠.

초등학교 2학년 겨울방학 때, 한 학기 동안 사용한 책을 정리했었어요. 저는 할머니를 위해 친구들의 공책과 교과서를 모두 모아 보따리를 쌌어요. 교과서와 공책이 땔감이 되어 따뜻한 겨울을 보냈으면 하는 어린 마음에 그걸 할머니께 갖다 드렸지요. 공책과 교과서는 모두 연기와 재가 되어 없어져 버렸지만 덕분에 따뜻하게 겨울을 보냈었지요.

그리고 할머니 댁에는 저와 유일한 단짝 친구 바둑이가 있어요. 바둑이는 언제나 제 곁에 있어 준 고마운 친구예요. 바둑이와 함께 마을을 돌며 산책도 하고 산에도 갔어요. 산에는 뽕나무가 수두룩하게 있었어요. 그 뽕나무에 오디가 많이 달려 있었죠. 저는 할머니와 오디를 먹을 생각에 많이 땄지요. 얼마나 많이 땄는지 손에서 흘러내릴 정도였어요. 혼자였으면 무서웠을 텐데 바둑이와 함께라서 전혀 무섭지 않았어요. 그렇게 한참 오디를 따다가 나무 귀퉁이에 있는 큰 버섯을 발견했어요. 무슨 버섯인지는 모르지만 버섯을 따서 손에 꼭 움켜쥐었어요.

그런데 어디선가 발자국 소리가 작게 들려왔어요. 소리가 점점 가까워지자 무서웠어요. 바둑이와 함께 나무 뒤에 숨어 있는데 갑자기 바둑이가 짖어댔어요. 저 멀리서 멧돼지 한 마리가 우리 쪽으로 오고 있었지요. 무서워서 바둑이와 산길을 뛰어내려왔어요. 멧돼지도 놀랐는지 주춤거렸죠.

정신없이 뛰어와 보니 손에 있어야 할 오디는 없고, 큰 버섯만 손에 쥐고 있었어요. 뒤돌아 산 중턱을 멀찌감치 보니 아까 있었던 자리에 멧돼지가 떼로 모여 있었어요. 산을 내려오지 않았다면 어찌 됐을까? 지금도 그 생각을 하면 등골이 서늘한 거 있죠?

할머니께 제가 딴 버섯을 드리니 '경사 났다'며 기뻐하신 거 기억 나세요? 할머니께서 기뻐하시니까 저도 기뻤어요. 제가 딴 버섯은 산쟁이도 따기 힘든 노루궁둥이 버섯이었어요. 노루궁둥이 버섯을 큼직하게 잘라 된장찌개에 넣어 먹었지요. 할머니와 오디는 먹지 못 했지만 버섯으로 만족했어요. 한바탕 난리를 쳤지만 그래도 지금 생 각해 보면 피식 웃을 수 있는 그런 추억이 되었어요.

할머니를 많이 원망했던 적도 있었어요. 어느 날 집 앞에 트럭이 멈춰 서 있었지요. 개장수의 트럭이었죠. 할머니께서는 바둑이를 안 고 개장수에게 가셨어요. 저는 바둑이를 팔지 말라고 울고불고 난리 였죠. 개장수 아저씨에게도 "우리 바둑이 제발 데려가지 마세요" 하 고 두 손 꼭 잡고 애걸복걸했어요.

하지만 트럭은 바둑이를 싣고 달려온 길을 다시 돌아갔어요. 달려 가는 트럭을 뒤따랐지만 트럭은 점점 시야에서 멀어졌고, 저는 그 자리에 털썩 주저앉아 펑펑 울었지요. 그때 저는 할머니가 무척 원 망스러웠어요. 그런데 아무 말씀 없이 바둑이를 팔고 받은 오천 원 을 제 손에 쥐어 주셨어요. 저는 그 돈을 차마 받을 수가 없었어요. 하지만 할머니는 돈을 주머니에 넣어 주셨죠.

그때는 할머니가 무심하다고 생각하며 얼마나 원망했는지 몰라 요. 할머니께서는 울고 있는 저를 위해 따뜻한 시래깃국을 끓여 주 셨지요. 시래깃국을 먹으면서도 바둑이 생각에 눈물을 흘리면서 먹 었어요. 그때 먹었던 눈물 젖은 시래깃국을 지금은 바둑이가 아니라 할머니를 생각하면서 결코 잊지 못해요.

　이래저래 할머니와의 잊지 못할 추억들이 많네요. 할머니도 저와 함께했던 행복한 추억이 생각나실 거예요. 다시 옛날로 돌아가고 싶어요. 그 옛날 정정하셨던 할머니 모습을 보고 싶거든요. 지금은 병원에 누워 계시지만 빨리 기운 되찾으시고 오래오래 건강하셨으면 해요. 그날 했던 약속, '병 걸리지 말고, 밥 잘 묵꼬, 늘 같이 댕기자'는 그 약속 꼭 지켜 주세요.

　그리고 저와 함께했던 소중한 추억, 절대 잊지 마시구요.

　할머니, 사랑해요.

2016년 5월 8일

할머니를 한없이 사랑하는 손자 희두 올림

사랑하는 할머니께,

벚꽃과 목련꽃이 피던 따스한 봄날은 지나가고 어느새 여름이 깊어가네요. 몇 달 전 병문안을 갔을 때 할머니의 예전 같지 않은 모습에 손자는 눈시울이 붉어집니다. 할머니 지금은 괜찮아지셨나요? 저는 늘 할머니 생각뿐이에요.

제가 5살 때 할머니와 땀을 뻘뻘 흘리며 밭을 일구면서 둘이서 약속을 했어요. 할머니께선 환한 미소를 지으시며 "니캉 내캉 약속 꼭 지키재이 꼭 지키는 기데이" 라 하셨죠. 10년이 지난 지금도 할머니와의 약속이 아직까지 생생하게 기억이 나요.

돌이켜보면 할머니와 함께 시간을 보냈던 기억이 나요. 할머니와 함께 있어 아늑했던 옛 추억들이 떠오르네요. 그 때문인지 초등학생 때에는 방학이 다가오면 할머니와 함께 있을 생각에 설레고 할머니 생각에 푹 잠기곤 했죠.

초등학교 2학년 겨울방학이었던가. 한 학기 동안 사용한 책을 정리했었어요. 저는 할머니를 위해 친구들의 공책과 교과서를 모두 모아 보따리를 쌌어요. 교과서와 공책이 땔감이 되어 따뜻한 겨울을 보내었으면 하는 어린 마음에 보따리를 할머니께 갖다드렸지요. 공책과 교과서는 모두 연기와 재가 되어 없어져 버렸지만 덕분에 따뜻하게 겨울을 보내었어요.

할머니 댁에는 저와 유일한 단짝 친구 바둑이가 있어요. 바둑이는 언제나 제 곁에 있어줬던 고마운 친구에요 항상 바둑이와 함께 마을을 돌며 산책도 하고 산에도 갔어요. 산에는 뽕나무가 수두룩하게 있었어요. 그 때가 뽕나무에 오디가 한창 열릴 때라 여기저기 오디가 달려 있었죠.

저는 할머니와 오디를 먹을 생각에 오디를 많이 땄어요. 얼마나 많이 땄는지 손에서 흘러내릴 정도였어요. 혼자였으면 무서웠을 텐데 바둑이와 함께 라서 전혀 무섭지 않았어요. 그렇게 한참 오디를 따고 있는데 나무 귀퉁이에 큰 버섯이 있었어요. 무슨 버섯인지는 모르겠지만 버섯을 따서 손에 꼭 움켜쥐었어요.

나침반과 같은 존재, 엄마께

정 시 흔

대구 논공중학교 3학년

엄마, 저 시흔이에요. 매일같이 엄마와 이야기를 하지만 이렇게 펜을 들어 편지를 쓰려고 하니 조금은 쑥스럽네요. 하지만 용기를 내어 그동안 말로 하지 못한 저의 마음을 꺼내 보려 합니다.

벌써 5월이에요. 엄마, 사실은 5월부터 여러 행사가 있었지만 그중에서도 가장 마음의 울림이 있는 날은 어버이날이지요. 누구나 카네이션을 사서 부모님께 드리는 날이기에 저도 드렸지만, 올해는 남다른 느낌이 듭니다.

중학교를 입학할 때만 해도 '친구를 어떻게 사귀면 좋을까!' 마냥 설레는 고민만 했었는데, 막상 학년이 올라갈수록 그리고 3학년이 된 지금은 저의 진로에 대해 진지하게, 한편으로는 골치 아픈 고민거리가 많아졌어요.

그런데 흔들리는 마음을 저도 잘 몰라 속상할 때마다 엄마는 항상 제게 나침반과 같은 존재가 되어 주셨어요. 스스로 방향을 잡을 수 있도록 해 주시니까요.

사실은 공부하는 것이 힘들 때가 많이 있어요. 꼼꼼한 성격 때문에 그런지 제 자신에게 엄격한 잣대를 들이대는 것이 스스로 늘 불만이 많았답니다.

하지만 그럴 때마다 엄마는 저에게 '여유를 가지는 법'을 가르쳐 주셨고, 그 덕분에 점점 스스로에게 너그러워지는 제 모습을 발견할 수 있었어요. 엄마가 보여 주신 편안한 여유가 제 삶의 활력소라는 사실, 알고 계셨나요?

엄마, 저는 열심히 공부했는데 성적에는 그 노력이 오롯이 반영되지 않아 상실감이 컸던 게 한두 번이 아니었습니다. '왜 안 될까!' 라는 걱정이 꼬리를 물고 물어 깊은 늪 속으로 빠져들 때 엄마는 허우적대는 저에게 작은 목소리로 이런 얘기를 해 주셨지요.

"지금은 대패질하는 시간보다 대팻날을 가는 시간이 더 길 수 있단다."

이 말씀이 제 가슴에 '쿵' 하고 큰 울림을 주었답니다. 젊은 날은 대팻날을 가는 시기임을, 겸손하게 고통을 겪는 가운데 참고 견디며 대팻날을 간 사람일수록 풍족한 결실을 수확할 자격을 지닐 수 있음을 마음으로 느꼈기 때문이지요.

그래서 저는 엄마의 이야기에 힘을 얻어 늘 최선을 다해 모든 과정을 준비하려 합니다. 지금 당장의 결과보다는 먼 미래의 당당한 제 모습을 상상하면서 말이지요.

엄마, 늘 저의 작은 표정 하나하나까지 신경 써 주시고 묵묵히 믿어 주시는 엄마가 있기에 오늘도 저는 행복합니다. 엄마 앞에서는 짜증 섞인 말투로 얘기하지만 저의 진심을 엄마도 아시리라 생각해요.

꽃이 피고 날씨 좋은 날, 엄마와 함께 근처 공원에 가서 둘만의 시간을 가졌으면 좋겠어요. 그동안 못한 소소한 이야기들을 함께 나누면서 말이에요.

엄마, 제 마음 깊이 사랑합니다. 그리고 고맙습니다. 지금처럼 늘 건강하셔서 제 옆에 계셔 주세요.

2016년 5월 8일
엄마를 사랑하는 딸 시흔 올림

흰머리가 멋진 아버지께

조 성 민

진천 광혜원중학교 3학년

아빠, 막내딸 성민이에요. 제가 쓴 편지 오랜만에 받아 보시지요?

어릴 땐 어버이날이면 초등학교에서 편지쓰기를 하고 수련회며 수학여행 중에 종종 편지쓰기를 해서 그래도 일 년에 한두 번은 썼던 것 같아요.

그런데 학년이 올라갈수록 그런 기회가 점점 줄어들게 되어 안 쓰게 되더라구요. 사실 이건 핑계에 불과할 거예요. 한글도 깨쳤겠다, 종이와 펜도 언제든지 있겠다, 아빠한테 사랑한다는 한마디라도 담긴 편지를 드렸어야 했는데 쑥스럽다는 핑계로 그러지 못했어요.

저는 아빠를 생각하면 제일 먼저 떠오르는 게 희끗희끗한 흰머리예요.

저를 막둥이로 낳아 주셔서 제 친구들 아버지보다 나이가 많으시지요. 어릴 땐 그게 그렇게 부끄럽고 싫었어요. 다른 아버지들은 젊으신데 아빠는 왜 나이가 많으실까? 우리 아빠도 젊고 멋있었으면 좋겠다는 생각을 자주 했었어요. 다른 아빠들과 겉모습을 많이 비교했었거든요. 그런데 요즘 들어 아빠보다 멋진 분은 없다는 생각이 들어요.

한번은 우리나라에서 크게 열렸던 여수박람회에 가족이 함께 간 일이 있었잖아요. 집이랑 멀기도 하고 차도 막히고 하루 만에 다녀오느라 새벽 4시까지 운전하셨던 거 기억하시나요? 차 안에 그냥 앉아 있던 저도 몸이 비틀리고 쑤시고 많이 힘들었거든요.

그런데 아빠는 전날 회사에 다녀오시고 그날은 4시까지 쉬시지도 못한 채 운전을 하셨어요. 그런데 더 멋있었던 건 우리에게 짜증 한 번 안 내시고 오히려 힘들어하는 엄마와 언니, 저를 재미있는 이야기로 웃겨 주셨잖아요.

그날 너무 오래 탄 자동차 때문에 지루한 여행으로 남을 수도 있었는데, 아빠 덕분에 그 어느 때보다 즐거운 추억으로 남아 있어요. 어떤 상황이든 긍정적으로 바라볼 수 있게 하는 아빠의 말 한마디가 그날 우리 여행을 즐겁게 만들었어요.

중학교에 들어가 처음 보게 된 중간고사 때 아빠가 주신 문자메시지도 마찬가지였어요. 중학생이라는 부담과 첫 시험이라는 부담감 때문에 그 기간에 제 얼굴은 항상 어두웠죠. 가족들에게 티를 내지 않으려고 했는데도 아빠 엄마 눈에는 제가 무척 힘들어하는 게 보였나 봐요. 시험이 얼마 남지 않은 어느 날 아침이었지요.

'아빤 성민이가 시험에 너무 목매지 않았으면 좋겠어. 시험이라는 거 무서운 것도, 어려운 것도 아니야. 고작 몇 장의 시험지 때문에 네가 용기를 잃거나 실망하는 일이 없었으면 좋겠다. 아빠는 스트레스 받아가며 우등생 자릴 지키는 성민이보단 지금처럼 자기 하는 일에 즐거워하고 밝은 얼굴을 가진 성민이가 좋단다.'

아빠가 보내 주신 이 문자메시지 덕분에 제가 얼마나 힘을 얻었는지 아세요? 시험을 망쳐 버리면 어쩌나, 시험 문제가 터무니없이 어려운 건 아닌가, 중학교에 들어가면 초등학교 때와 달리 성적이 뚝 떨어지는 경우가 있을 거라는 걱정 대신, 열심히 준비했으니 잘 될 거라는 자신감과 기대감이 더 커지더라고요.

지금도 시험 때마다 그 문자메시지를 열어보고 힘을 내고 있답니다. 아빠의 긍정적이고 밝은 에너지가 저에게 항상 힘을 주고 있답니다.

아빠, 제가 요즘 언니를 많이 부러워하고 있는 거 아시죠? 아빠 엄마는 단지 언니가 돈 벌고 자기가 먹고 싶은 것도 사 먹고 예쁜 옷도 사 입는 모습을 부러워하시는 줄 아셨지요?

그런데 그것보다 더 부러운 건 월급날마다 부모님께 맛있는 식사 대접을 하기도 하고, 소소하지만 어쨌든 엄마 아빠를 웃게 해 드리는 선물을 사 오는 언니 모습을 가장 부러워하고 있어요.

저도 얼른 어른이 되어서 엄마 아빠에게 선물을 드릴 수 있는 날이 왔으면 좋겠어요.

아빠, 지금은 아직 어려서 좋은 선물을 사 드릴 수는 없지만 중학생 막내딸로서 아빠를 기쁘게 해 드리고 싶어요.

언제나 아빠 말씀대로 웃는 얼굴 잃지 않는 성민이가 될게요. 아빠도 늘 그래왔듯이 긍정적인 마음으로 우리 가족의 에너지가 되어 주세요.

처음에 말했듯이 이젠 흰머리의 아빠가 부끄럽지 않아요.

누구보다 멋지고, 열정적이며, 긍정적인 마음을 가진 우리 아빠, 항상 사랑합니다. 감사합니다.

2016년 5월 3일

막내딸 성민 올림

바람에 초록이 묻어오는 계절에

이 혜 리

광주 경화여자고등학교 2학년

아버지, 계절이 바뀌어 가고 있습니다.

시간은 계절을 안고 있고 계절은 또 그 시간마다의 이름을 가지고 있습니다. 지금은 많은 이들이 초여름이라는 이름을 붙이기도 하고 봄이 가는 늦봄이라는 이름을 붙여 부르기도 합니다.

계절의 시간은 각자의 이름을 가지고 변해 갑니다. 이렇게 계절이 변하는 것은 지난겨울을 견딘 믿음이 있기 때문이고, 겨울이 그 추위를 이길 수 있는 힘도 이렇게 봄이 올 것이라 믿기 때문입니다. 새싹이 아무런 믿음 없이 흙을 뚫고 나오지는 않을 것입니다. 이 봄이 지나가고 여름이 온다는 믿음과 가을을 맞이할 수 있다는 신념 때문입니다. 시간이 그 계절을 견디는 것은 그 다음 계절을 믿는 마음이고, 계절이 열심히 바뀌는 것은 그 믿음에 대한 보답입니다. 이런 계절을 시간은 믿고 열심히 흘러갑니다.

아버지, 당신은 저에게 믿음이고 신념입니다. 제가 시간이라면 아버지는 저에게 그 변화를 보여 주는 사계절 같은 분입니다. 굳은 신념으로 계절의 변화를 저에게 알려 주십니다. 어제까지 제 시간들은 아버지와 어머니의 믿음으로 만들어진 것입니다.

칠삭둥이였던 저를 안고 병원으로 달려가셨던 엄마의 육아일기 속 아버지와 지금 제가 하는 모든 행동을 미소로 바라봐 주시는 아버지의 얼굴은 하나의 모습입니다.

제가 초등학교 6학년 때 갑자기 신청한 과학탐구대회는 부모님을 당황하게 만들기에 충분하였습니다. 그러나 아버지는 전공과 전혀 다른 분야를 열심히 공부하셨고, 저는 그런 아버지의 공부를 믿음으로 받아들이면서 저의 실력이 하루가 다르게 변하였습니다.

낮에 일을 하시고 퇴근 후 열심히 공부하시는 아버지 모습은, 저도 할 수 있다는 가능성 있는 청소년으로 자랄 수 있는 믿음을 주시기에 충분하였습니다. 새벽 4시까지 힘든 줄 모르고 아버지와 토론하면서 배워 나갔던 전자과학은 저에게 큰 기쁨이 되어 돌아왔고 부모님 또한 행복해하셨습니다.

아버지는 좋은 결과가 아니더라도 이렇게 딸과 한 분야를 공부하면서 서로 토론하고 대화한다는 것만으로도 그 시간이 정말 귀하고 행복하셨다고 다정한 미소를 보여 주셨습니다. 아버지의 공부가 저의 것이 되고, 저의 노력이 우리 가족의 행복으로 돌아오는 과정을 직접 느끼게 되는 기쁨을 맛보았습니다. 아버지를 확실히 믿고 따른 저와 저를 믿고 열심히 가르쳐 주신 아버지의 신념, 지금 이 계절이 여름이 오리라는 것을 알고 열심히 꽃씨를 날리고 열매를 준비하는 것과 같을 것입니다.

고등학생이 되고 지금까지 보내 주신 믿음에 보답해 드리기 위해 열심히 노력하고 있습니다. 항상 제 뒤에서 조금 뒤처질 때는 힘이 되어 주시고, 다른 사람보다 앞으로 나설 때는 어깨를 두드려 겸손을 일깨워 주시는 아버지가 옆에 계셔서 정말 행복합니다.

집으로 가는 길, 벚꽃과 개나리 그리고 강변을 타고 배꽃이 한꺼번에 피어 장관을 이루는 봄이었습니다. 시간을 두고 계절을 알려 주는 꽃도 좋지만 올해는 이렇게 한꺼번에 볼 수 있어서 감사하다는 아버지 말씀에 저도 한 번 더 그 꽃들의 어우러짐에 감사했습니다. 이렇게 어우러지는 것도 참 예쁘다는 생각을 했습니다.

무엇인가에 도전할 때는 최선의 노력을 하고, 아름다운 것에 감사할 줄 알며, 지금 저와 함께하는 것에 행복해하시는 아버지. 당신은 저의 삶에 믿음이 무엇이고 그 믿음이 사람을 어떻게 변화시킬 수 있는지를 가르쳐 주셨습니다.

계절이 지나간 자리는 항상 아름다운 것 같습니다. 아버지, 저는 당신이 계셔서 항상 감사하고 행복합니다. 계절이 변하는 것은 믿음이고 아버지의 사랑은 신념이며 그 속의 저는 행복입니다.

2016년 봄의 늦자락을 타고
딸 혜리 올림

따뜻한 마음을 드리고 싶은 부모님께

박 한 별

여주 대신고등학교 3학년

매일 늦잠 자는 박씨 가족 막둥이 한별이에요.

어렸을 땐 어버이날에 드리는 편지를 가끔 쓰고 그랬는데 쑥스러운 마음에 한 번도 전해 드린 적이 없었죠. 사실 편지를 쓰는 지금도 보여 드리기 민망해서 좀 어색한 기분이 드네요.

처음 이 글을 쓰기 시작할 때는 무슨 말을 해야 하나 싶기도 했지만, 엄마 아빠 생각하면 기억나는 일들이 많아서 생각에 잠길수록 하고 싶은 말들도 자꾸 떠오르네요.

지금부터 쓰는 내용은 제가 혹시 두 분께 드렸을 마음의 상처에 관한 것들이에요. 제 입장에서 말하는 거라 변명도 있긴 하지만요. 한마디로 정리하기엔 너무 많은 생각들이 겹쳐서 조금 옛날로 돌아가서 이야기해 볼게요.

엄마 아빠는 10년 전에는 지금보다 더 늦게 귀가하셨죠. 거의 열두 시가 다 되어서 오셨던 걸로 기억해요. 제가 아주 어렸을 적, 아마 초등학교 1학년 때쯤에는 어리광 부리고 싶은 마음이 가득했죠. 두 분이 집에 안 계시면 혼자 잠도 못 잤어요. 그래서 항상 열두 시나 한 시까지 잠을 안 자고 버티다가 오시면 같이 잠들고, 혹시 잠들었을 땐 새벽에 일어나서 부모님 사이에 비집고 들어가 잠들곤 했지요.

잠들까 봐 겁날 땐 누나하고 만화 채널을 봤던 일 기억나세요? 그 때 텔레비전 때문에 늦게 잔다고 아빠가 유선을 끊어 버리셨어요. 지금 생각하면 참 재밌었는데, 텔레비전 연결 케이블을 자르실 때 제가 울면서 자르지 말라고 했던 기억이 납니다.

가끔 기다리기 심심하거나 외로울 땐 누나들과 함께 부모님께 드릴 주먹밥을 만들기도 했죠. 또 화장실, 부엌, 안방 등 구역을 정해 '청소 배틀' 같은 놀이를 하며 기다릴 때도 있었어요. 그만큼 어린 시절 부모님은 제게 전부였습니다.

엄마 아빠를 기다리던 좋은 기억들은 추억이 되어 가끔 떠올리면 즐거울 때도 있어요. 그렇지만 누나들이 점점 나이가 들면서 저랑 놀지 않고 싸우는 시간들이 많아졌죠. 그러다보니 자연스레 혼자 있는 시간도 많아져 쓸쓸하고 서운했던 기억도 많아요. 왜 우리 엄마 아빠는 매일 늦게 들어오시는 걸가 생각하며 미워했던 적도 있어요. 집에 있던 비디오를 계속 반복해서 보고 한 가지 비디오를 30번 넘게 돌려보며 대사까지 다 외울 정도였어요.

하루는 학교를 마치고 오후 2시쯤 집에 혼자 있었는데, 누나들도 없고 정말 심심해서 전날 저녁에 봤던 그 비디오를 다시 틀었죠. 매번 같은 내용인데도 달리 할 것도 없어서 생각 없이 보고만 있었죠. 그러다가 잠들게 되었는데 일어나 보니 저녁 7시였죠. 정신은 멍하고 시계 소리는 똑딱똑딱거리는데 왠지 사람 목소리가 듣고 싶어서 혼자 "아! 아!" 하고 허공에 대고 말을 해 봤어요.

넓은 거실에서 혼자 중얼거리니 왠지 무서워 눈물이 났어요. 주변에 아무도 없다는 게 정말 서글퍼서 혼자 이불을 덮어쓰고 울었던 적도 있었습니다. 그때 이후론 귀신이 보일까 봐 혼자 있을 때, 다른 방으로 들어가려면 집에 있는 모든 전등을 다 켜고 다녔어요.

그렇게 집에 혼자 있는 시간이 늘어나기 시작하면서 나도 모르는 무의식 속에서 엄마 아빠한테 서운했던 감정들이 쌓여 마음의 상처가 된 것 같아요. 그렇게 혼자 방치되어 있는 것이 가족들의 무관심이라고 생각해 '혹시 엄마 아빠는 나를 사랑하지 않는 게 아닐까' 라는 생각이 들었죠. 나이가 들면서 그런 슬픈 감정들이 반대 방향으로 부모님을 향해 무관심으로 바뀌게 된 것 같아요.

중학교에 입학하면서 엄마 아빠가 어딘가 저를 데리고 외출하려 하면 집에서 컴퓨터 게임을 하는 게 더 즐거워지게 되었죠. 그리고 어떤 말을 하셔도 다 잔소리로 들리고, 말씀을 귀담아 듣지 않게 되었어요. 사춘기에 나타나는 현상들이라는 생각도 들지만 그때 느꼈던 감정들이 더 심화시킨 것 같기도 해요. 어딘가 반항심을 불러일으킨 것 같기도 하고요.

그래서 일부러 중학교 땐 집에 안 들어가려고 했던 것 같아요. 주말엔 무조건 친구네 집에서 자고, 아침 일찍 나가 저녁 늦게 놀다가 들어

온 적이 많았죠. 지금 생각하면 부질없고 철없는 짓이라고 생각해요.

이제 스스로 사회에 나가 부모님 곁을 떠나 생활하게 될 것이라는 생각을 하면 '무관심'이라고 생각했던 게 사실은 저를 키우려고 늦은 밤에도 졸린 눈 억지로 떠가며 열심히 성실하게 일하시는 '사랑'이었다는 것을 깨닫게 되었습니다.

세 아이를 둔 부모로서 모든 책임을 저야 하는 부모라는 무거운 무게를 떠안고 사시는데, 제 입장에서만 생각해 '왜 내게 신경 써 주지 않는 거지', '왜 나에게 관심을 더 주지 않는 거야' 하고 원망했어요. 스스로 그 부분에 대해 깊이 생각해 본 적이 없고 어린 마음에 그저 외로워서 나 자신만 생각했던 것 같아요.

반대로 생각해 보면, 혹시 저의 철없음으로 반항하려 했던 행동들이 부모님한테 마음의 상처가 되지 않았을까 걱정도 되고 죄송스럽기도 해요.

밖에서 힘들게 일하고 돌아와도 자식이 아무런 감정 표현도 없고 관심을 갖지 않는다는 것이 어떤 심정일지 상상이 안 가네요. 제가 그런 행동을 했다고 생각하면 다시 죄송해지고 그래요.

지금까지 제가 느꼈던 감정들이 의도가 없었다 하더라도 열심히 살아온 부모님께 힘이 되어 드리지 못하고 부족한 행동으로 마음을 아프게 해 드려 부끄럽게 느껴지네요. 이런 역지사지를 평소에 생각하고 다니면 참 좋을 텐데, 꼭 이런 편지를 쓰면서 깨닫는 걸 보면 아직 저는 철부지 아들인 것 같아요.

최근 들어 머리도 커지고 눈에 보이는 것들도 많아져 부모님이 짊어진 삶의 무게를 볼 때마다 밤늦게까지 일하셨다는 사실들이 더 대단하게 느껴지기도 해요. 이제 남들은 곧 있으면 정년퇴직할 나이인데 아직까지 일에 대한 목표와 열정이 있으시다는 게 새삼스럽게 멋있기도 해요. 아직 청춘이라고 외치는 모습도 가족 내에서 활력소가 되는 것 같습니다.

두 분께 감사하단 말씀 전해 드리면서 이제 마치도록 할게요.

어머니 아버지, 사랑합니다.

2016년 5월 6일

막내아들 한별 올림

편지로 소통하는 따뜻한 세상

사단법인
한국편지가족
http://www.letterfamily.or.kr

가끔은 정말 가끔은,

먼저 떠난 부모님께 미안한 말이지만,

엄마 아빠가 보고 싶지 않을 때도 있어.

그만큼 언니가 나를 잘 보살펴 주었다는 것이기도 하니까.

하늘에서 지켜 보실 부모님이

얼마나 대견해하고 고마워하실까.

저는 할머니를 사랑한다고

말하지 못했습니다.

할머니에 대한 저의 사랑과 존경심을,

그 지고지순한 사랑을

어떻게 사람들이 흔히 사용하는

사랑이란 단어로 표현하겠습니까?

어린 시절 추억의 전부였던

할머니는 그냥 할머니가 아니었답니다.

할아버지, 저는 가끔 할아버지가 불러 주시던 노래가 떠올라요.

사람은 희망을 가지고 꿈이 있어야 사람답게 살 수 있다며

제게도 항상 꿈을 가지라고 말씀하셨던 것

기억하세요? 노래가사처럼 서로 사랑하면서 살아가자며

내 볼을 어루만져 주시던 할아버지의 인자한 웃음도

저에겐 생생한 기억의 한 조각으로 남아 있답니다.

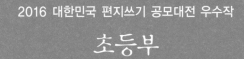

2016 대한민국 편지쓰기 공모대전 우수작

초등부

우현민 ㅣ 문건영 ㅣ 이서린

박재은 ㅣ 박도경

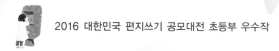

포항 바다를 지키고 있는 형에게

우 현 민

남양주 화도초등학교 2학년

형아, 안녕? 나 현민이야. 그동안 잘 지내고 있지?

군에서 밥도 잘 먹고, 아픈 곳은 없는지 엄마는 매일 걱정이셔.

물론 나도 형 걱정 많이 하고 있어. 형아가 군대 가고 나서 방을 혼자 쓰는 건 좋은데, 밤에 자다 가끔 눈이 떠지면 정말 무서워.

형아가 있을 때는 재미있는 이야기도 들려주고 무서우면 달래 주어서 금방 잠들었는데 심심하기도 하고 어떤 때는 무서워. 그래서 지금은 엄마 방으로 쪼르르 달려가. 그럴 때마다 너무 보고 싶어. 곁에 있으면 든든할 텐데.

형과 나이 차이가 많이 나서 친구들이 삼촌이냐고 물어봤잖아. 그럴 때마다 형아가 "나는 삼촌이 아니고 아빠야" 하고 농담할 때 친구들의 얼굴이 빨개지는 모습이 어찌나 웃기던지. 유머가 많은 형이 그래서 좋아.

형, 그곳에서 훈련 많이 하지? 해병대는 다른 군대보다 훨씬 힘들다고 하던데. 그러나 잘 해낼 거라고 믿어. 왜냐고? 형은 체력이 아주 좋잖아. 운동을 열심히 했으니까.

내가 학교에서 친구들에게 놀림을 받고 왔을 때 기억하지?

"형아, 친구들이 나보고 뚱뚱하다고 놀렸어. 으앙!"

"누가 우리 동생을 놀렸어. 형아가 혼내 줄게."

그러면서 내 손을 잡고 공원으로 갔잖아.

"현민아, 우리 이제부터 공원에서 형아랑 신나게 놀자. 하루에 한 시간씩!"

놀자는 말에 너무 신이 났는데, 형은 나를 운동시키려는 거였지? 나 다 알고 있었어. 나 운동시키면서 형도 체력이 많이 좋아졌지? 그러니까 해병대 훈련은 아무것도 아닐 거야. 그래도 가끔 힘들면 내 생각해 줘.

형아, 보고 싶어. 어서 빨리 휴가 나왔으면 좋겠다. 사진 보니까 형이 까만 콩처럼 보였어. 진짜로 만나면 내가 좋아하는 까만 콩보다 더 까만지 봐야겠다.

포항 바다를 지켜 주는 멋진 우리 형, 나도 그곳에 가서 멋진 모습 보고 싶다. 형아, 몸 건강히 군대 생활 잘 해! 나도 형아 동생답게 멋있게 학교생활 잘 할게.

형아, 정말로 사랑해.

2016년 4월 26일
동생 현민이가

청개구리 내 동생 수혁에게

문 건 영

서울은석초등학교 3학년

청개구리 동생, 안녕?

내 편지를 받고 눈이 부엉이처럼 커져 있을 너의 모습을 생각하니 피식 웃음이 먼저 나오는구나. 한 살 차이 나는 우리 형제에게 그동안 많은 추억이 있었지?

특히 새 학년이 시작되고 얼마 되지 않아 우리 둘 모두 장염에 걸려 학교도 못 가고 병원에 입원했던 3월이 기억난다. 그때 너와 나 모두 힘들었지? 한 병실에 누워 치료 받으며 동병상련의 심정으로 참으로 끈끈한 형제애를 나누었잖아. 지금 생각해 보면 형제애를 넘어 병과 맞서 싸우는 전우애랄까? '크크크'. 그때는 꽤나 진지했던 것 같은데 시간이 지나 생각해 보니 웃음이 나네.

그래도 지금은 다 이겨 내고 다시 건강한 모습으로 돌아와서 정말 다행이야.

병원에서 24시간 너와 붙어 있는 동안, 새삼 네가 '동생은 동생이구나' 하고 형은 느꼈어. 약 먹기 싫다고 울고 떼쓸 때 얼마나 시끄러웠는지 아니? 교실에서 우리 반 친구들이 떠드는 것보다 열 배는 더 시끄러웠어. 또 주사 맞을 때는 어떻고? 난 내 동생 목소리가 그렇게 크고 우렁찬지 처음 알았지 뭐야!

그런데 수혁아, 약 먹고 주사 맞을 때 눈 딱 감고 조금만 참아 봐. 생각보다 별로 안 아파. 사실 형아는 괜찮은 척, 안 아픈 척 꾹 참고 있었지만 겁이 나기는 했어. 수술을 하는 것은 아닐까? 더 큰 병이 있는 것은 아닐까? 온갖 무서운 상상을 하면서 말야. 사실 두려웠어. 그래도 형으로서 체면이 있지, 동생에게 약한 모습 안 보여 주려고 꾹 참고 있었다는 거 너 몰랐지?

갑자기 병원에서 먹던 맛없는 밥도 생각난다. 특히 콩으로 만든 고기. 퇴원하고 집에 와서 엄마가 해 주신 밥 먹었을 때, 정말 꿀맛처럼 맛있어서 둘 다 게눈 감추듯 깨끗이 다 먹었잖아.

앞으로 엄마가 해 주시는 맛있는 밥 먹으려면 우리 아프지 말고 다시는 병원에 입원하는 일 없도록 매일매일 건강하자.

내 동생 수혁아, 너는 나에게 귀여운 청개구리 같아.

앞으로도 우리 건강하게 멋진 형제가 되도록 노력하자.

2016년 5월 2일

개구쟁이 사고뭉치 동생을 생각하며 건영 형아가

귀엽고 사랑스러운 시훈에게

이 서 린

진주 수정초등학교 3학년

시훈아, 안녕? 서린이 누나야.

네가 태어나던 날, 나는 유치원에 가느라 네가 세상에 나오는 순간을 보지 못해서 아쉬웠어.

엄마가 산후조리원에 계실 때는 나도 참 즐거웠어. 엄마가 너에게 먹이려고 짜 놓은 모유를 내가 먹기도 했으니까.

동생을 낳아 달라고 많이 졸랐었는데 그 소원을 이루어서 너무 좋아. 네가 한 살 때 뱅글뱅글 돌아가는 모빌을 보고 무척 좋아했었지. 그때 사진도 참 많이 찍었단다.

너의 귀여운 모습을 볼 때마다 누나는 너무나 행복해.

내 친구들은 너를 보면 사진을 찍고 귀엽다며 난리였지. 날마다 너를 보고 싶다며 날 따라왔었어.

너도 누나들이 좋다고 활짝 웃어 주었지. 방실방실 웃는 모습을 보면 온 세상이 환해지는 것 같았어.

너는 나에게 너무나 큰 행복을 안겨 주었어.

그런데 나는 엄마 아빠의 사랑을 모두 너에게 빼앗긴 것 같아 몰래 질투하고 울곤 했어. 부모님은 내가 아기 때도 변함없이 사랑을 주셨을 텐데, 너를 더 예뻐하시는 것 같아서 조금 외로웠거든.

하지만 지금은 아니야. 혼자일 때보다 둘이라서 너무 좋아.

너는 어느새 어린이집에 다니고 있고 훌쩍 컸구나. 벌써 기저귀를 떼고, 팬티를 입고, 숫자도 알아가고, 곰 세 마리 노래도 잘 부르더라.

누나가 열심히 배워서 네가 초등학교에 들어가면 네 공부는 누나가 가르쳐 줄게. 기대해!

으흠, 나의 하나뿐인 동생 시훈아, 정말 많이 사랑해.

앞으로도 엄마 아빠께 효도하며 사이좋게 지내자. 안녕.

2016년 5월 10일

너를 사랑하는 누나가

귀엽고 사랑스러운 내 동생 시훈이에게

시훈아, 안녕? 나 누나야. 네가 태어나던 날 나는 유치원에
가느라 네 모습을 보지 못해서 참 아쉬웠어. 엄마가 산후조리
원에 있던 때는 나도 참 즐거웠어. 엄마가 너에게 먹이려
고 짜 놓은 모유를 내가 먹기도 했으니까. 내가 동생을 낳
아 달라고 졸랐었는데 그 소원을 이루어서 너무 좋아.
네가 한 살 때 너는 모빌을 보고 좋아했었지. 그때 사진
도 참 많이 찍었단다. 너의 귀여운 모습을 볼 때마다
누나는 너무나 행복해. 내 친구들은 너를 보면 사진을
찍고 귀엽다며 난리였지. 날마다 너를 보고싶다며 날 따
라왔었어. 너도 누나들이 좋다고 활짝 웃어주었지.
너는 나에게 너무나 큰 행복을 주었어. 그런데 나는 너에
게 엄마 아빠의 사랑을 모두 빼앗긴 것 같아 몰래 질
투하고 울곤 했었지. 하지만 지금은 아니야. 혼자일 때
보다 둘이라서 너무 좋아. 너는 벌써 어린이집에 다
니고 있고 훌쩍 컸구나. 벌써 기저귀를 떼고, 팬티를
입고, 숫자도 알아가고, 곰 세마리 노래도 이제 잘 부
르더라. 그리고 누나가 열심히 배워서 네가 초등학교
에 들어가면 네 공부는 누나가 전부 가르쳐 줄게.
기대해! 흐흥♪ 나의 하나뿐인 내 동생 시훈아! 정말
많이 사랑해~ 앞으로도 효도하며 사이좋게 지내자!

　　　　　　　　　　　2016. 5. 10　　　누나가

할아버지, 저랑 봄소풍 가요

박 재 은
서울 성동초등학교 4학년

할아버지, 안녕하세요? 저 재은이에요.

오늘은 햇빛도 더 화려함을 뽐내고, 5월의 바람은 나무와 꽃향기를 담아 더 향기롭고, 하늘 위 구름은 금방 손을 뻗으면 솜사탕이 되어 먹을 수 있을 것같이 더없이 푸르고 맑은 날이에요.

창밖에는 살랑살랑 봄바람이 불고 파란 하늘을 바라보며 할아버지를 생각해요. 그리고 할아버지를 불러 봐요.

병원에서도 봄을 느끼실 수 있을까요? 병실에도 이 봄바람이 할아버지를 찾아 줄까요? 푸른 나무와 꽃들의 향기가 할아버지를 위로해 줄까요? 드높은 구름과 하얀 구름이 할아버지를 내려다보며 따뜻하고 포근한 손짓을 해 줄까요?

할아버지, 우리 할아버지.

어서 나으셔서 재은이와 함께 병실보다 넓고 푸른 풀밭을 함께

뛰면서 봄날을 느끼실 수 있을 거라고 믿어요. 우리 가족 모두 얼른 나으실 수 있도록 늘 기도하며 할아버지와 함께 하고 있으니까요.

가족이 모두 그러셨어요. 모두 한마음으로, 큰 사랑으로 마음을 어루만져 드리면 할아버지의 병은 꼭 나을 수 있을 거라고요. 우리 모두 그렇게 믿고 할아버지의 건강을 기원하고 있어요.

힘겹게 싸우고 있는 '암'이라는 나쁜 병은 재은이의 소망대로 우리 가족 모두의 기도로 저기 보이는 창밖의 봄바람과 함께 멀리멀리 날아가, 예전의 그 인자하신 웃음과 푸근했던 품을 다시 돌려 줄 거라고 믿어요.

그리고 할아버지는 저에게 최고로 따뜻한 사랑과 다정한 마음을 주셨잖아요. 조금만 더 기운내세요. 그래서 우리 가족 모두 함께 봄 향기 맡으면서 꽃밭으로 들판으로 봄소풍 가요. 꼭 약속해요. 그렇게 하실 거죠?

할아버지,

다시 한 번 할아버지 손잡고 기도드려요. 창밖 봄바람에 눈부신 햇빛에 저의 소원을 담아 보아요.

할아버지, 저랑 꼭 봄소풍 함께 가요.

2016년 5월 16일
할아버지를 사랑하는 손녀 재은 올림

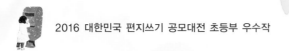

차가운 마음은 제 진심이 아니에요

박 도 경
김해신명초등학교 6학년

아버지, 종종 비가 내려 날씨도 흐리고 어둡지만, 오늘은 새하얀 도화지처럼 하늘이 맑고 상쾌한 기분이 드는 날이네요. 저 막내딸 도경이에요.

평소에 아버지가 야근하고 집에 늦게 들어오시니까 제대로 얼굴을 본 적이 없네요. 한 집에 살고 있지만 대화를 하지 않으니까 안부 인사도 제대로 하지 않아 서로 무심한 것 같아요. 저는 잘 지내고 있어요.

아버지는 어떠신가요? 잘 지내시나요? 한 집에 사는데 이런 걸 물으니까 너무 웃기죠. 말로 할 수 있는 것들을 편지로 전하자니 새삼스럽네요. 평소 야근하실 때나 출장 다녀오시면 힘드실 텐데 따뜻한 말 한마디 못해 드려서 정말 죄송해요. 우리 집안의 가장으로서 이렇게 힘을 내고 계신데 집에 돌아오면 인사만 하고 어깨를 주물러 드리거나 '오늘 괜찮으셨어요?' 하고 한마디도 못해 드려 죄송해요.

아버지는 이런 제가 밉지 않으신가요? 퇴근해 돌아오면 언제나 차갑게 대하고 방에 쏙 들어가 버리는 딸이 섭섭하시지요? 입장을 바꾸어 제가 아버지였다면 많이 쓸쓸했을 것 같아요. 사랑스러운 딸로 힘이 되어 드리지 못하고 아버지 마음에 상처를 드리는 것 같아 제자신이 정말 밉네요.

아, 참! 제가 4학년 때, 할머니께서 갑자기 돌아가시고 나서 저도 충격이 컸어요. '우리 부모님도 이렇게 돌아가시면 어떡하지? 내 주위 사람들이 없어져 버리면 어떡하지?' 하며 부정적인 생각만 하고 눈물을 보였을 때, 아버지께서 저를 보듬어 주시고 괜찮다고 말씀해 주셨지요. 그때 얼마나 감사하고 감동이었는지 몰라요. 그 고민이 한 달 정도 갔는데 그 기간 동안 화를 내거나 야단치지도 않으셨죠. 그냥 묵묵히 웃으면서 제 곁을 지켜 주셨어요. 돌이켜 생각하지만 그 깊은 마음에 다시 한 번 감사드려요.

후유증이 컸던 4학년이 지나고 5학년이 되던 해, 갑자기 제 행동이 날카로워져서 많이 놀라셨을 거예요. 지금 생각하면 사춘기가 그 때부터 시작된 것 같아요.

그때는 제 감정이나 말들이 꽁꽁 얼어붙었었다는 생각이 들어요. 다시 생각해 봐도 너무 심했던 것 같아요. 차가운 말을 내뱉어도 아무런 죄책감이 들지 않았어요.

지금 같으면 마음도 많이 불편하고 죄송했을 거예요. 학교에서 받은 스트레스를 집에서 풀었던 걸까요? 학교에서는 늘 웃으며 친구들에게 친절하게 대해 주었는데 집에서는 완전 딴판이었네요. 편한 가족이라고 함부로 말을 해 마음이 아프셨지요?

그렇게 송곳처럼 날카롭고 얼음처럼 차가운 시기가 지났지만, 습관처럼 여전히 아버지께 차갑게 대하고 있네요. 그래도 차가운 시기는 지났나 봐요. 죄책감이 너무 드네요. 송곳이 마음을 찌르는 것처럼 아파요.

아버지, 지금 6학년이에요. 그런데 갑자기 마음이 조금 얼어붙는 것 같아요. 또 이런 시기가 와서 아버지께 상처를 드리네요. 이게 아닌데, 그렇게 말하는 게 아니었는데 하는 생각이 드는 건 언제나 말을 내뱉고 나서예요.

어제 어머니께서 말씀하셨어요. 너무 대놓고 아버지를 피하고 무시한다고요. 주변에서 그렇게 느꼈으면 아버지 마음은 어떨까 하는 생각이 들어서일까요. 언제나 죄송한 마음뿐이네요.

말로 전하기는 민망하고 또 눈물이 앞을 가릴 것 같아요. 그래서 이렇게 마음을 담아 편지를 보냅니다. 앞으로는 조금 더 제 마음속에 있는 날카로운 것들을 부드럽게 만들고 얼음을 녹이기 위해 노력하겠습니다. 이 시기가 지나면 아버지와 편하게 대화도 나누고 기쁨을 드릴 수 있는 딸로 변할 거예요.

아, 또 눈물이 나네요. 이제 편지를 마쳐야겠어요.

아버지, 사랑합니다.

2016년 4월 29일 금요일
언제나 죄송한 마음뿐인 막내딸 도경 올림

편집을 마치며

마음이 마음에게 말을 겁니다.
가슴에 품었던 이야기들이 손끝으로 흐르면
아픔이 떨어진 자리에 사랑의 씨앗이 툭 떨어집니다.
햇살, 바람, 비, 사랑, 갈등, 눈물
누가 누구에게 스며든다는 것은 참으로 아프지만
아름다운 일이라는 생각이 듭니다.

상처를 이겨 낸 줄기는 바람을 두려워하지 않습니다.
이해와 용서의 잎이 자라 화해의 열매를 맺고
사랑으로 피워 낸 꽃은 오래가는 향기를 선물합니다.
편지꽃 정원에 들어선 나비 한 마리
조용히 속삭입니다.
고마워요.
미안해요.
사랑해요.

– 노기화 –